Espiã para sempre

ally carter

para sempre

Tradução:
Ana Luiza Borges

CIP-BRASIL. CATALOGAÇÃO-NA-FONTE
SINDICATO NACIONAL DOS EDITORES DE LIVROS, RJ

Carter, Ally, 1974-
C315e   Espiã para sempre / Ally Carter; tradução Ana Luiza Dantas Borges. – Rio de Janeiro: Galera Record, 2010.
(Garotas Gallagher; 2)

Tradução de: Cross my heart and hope to spy
Sequência de: Escola de espiãs
ISBN 978-85-01-08272-5

1. Espiões – Ficção. 2. Ficção americana. I. Borges, Ana Luiza Dantas. II. Título. III. Série.

10-4436   CDD: 813
                                                       CDU: 821.111(73)-3

Copyright © 2007 by Ally Carter

Todos os direitos reservados.
Proibida a reprodução, no todo ou
em parte, através de quaisquer meios.
Os direitos morais do autor foram assegurados.

Composição de miolo: Abreu's System
Design de capa: Celina Carvalho
(Baseado no design original de Elizabeth H. Clark para Hyperion)

Texto revisado pelo novo Acordo Ortográfico da Língua Portuguesa.

Direitos exclusivos de publicação em língua portuguesa somente
para o Brasil adquiridos pela
EDITORA RECORD LTDA.
Rua Argentina 171 – Rio de Janeiro, RJ – 20921-380 – Tel.: 2585-2000
que se reserva a propriedade literária desta tradução

Impresso no Brasil

ISBN 978-85-01-08272-5

Seja um leitor preferencial Record
Cadastre-se e receba informações sobre nossos lançamentos
e nossas promoções.

Atendimento e venda direta ao leitor
mdireto@record.com.br ou (21) 2585-2002

Agradecimentos

Sou muito grata a todas as pessoas que ajudaram a tornar as Garotas Gallagher realidade — principalmente a muito talentosa Donna Bray, cujo apoio significa mais do que posso expressar. Também devo muito a Arianne Lewin e a todo o time de Hyperion, que não cessam de me surpreender.

Também quero agradecer a minha agente, Kristin Nelson; a Jennifer Lynn Barnes e Karen Walters, por todo o apoio. E, é claro, devo tudo a minha família, que sempre esteve ao meu lado.

Por último, mas não menos importante, agradeço a todos os leitores, como Victoria Sperow, Kami Elrod, Kelsey Wehmhoff, Paul Hollingsworth, Neha Mahajan e Kara McBrayer, que fazem tudo valer a pena.

*Para Faith & Lily
a próxima geração de Garotas Gallagher*

Capítulo Um

— Só seja você mesma — disse minha mãe, como se isso fosse fácil. Mas não é. Nunca. Especialmente quando você tem 15 anos e não sabe qual língua vai precisar falar no almoço ou que nome terá de usar no próximo "projeto" para aumentar a nota. Não quando seu apelido é "Camaleão".

Não quando frequenta uma escola para espiãs.

É claro que, se você está lendo isto, provavelmente tem, no mínimo, permissão de Nível Quatro e sabe tudo sobre a Academia Gallagher para Garotas Superdotadas — que, *na verdade*, não é um internato para garotas privilegiadas e que, apesar da belíssima mansão e terreno bem-cuidado, não somos riquinhas metidas. Somos espiãs. Mas, nesse dia de janeiro, até mesmo a minha mãe, minha *diretora*, parecia ter esquecido que, quando se passa a vida inteira aprendendo como falar 14 línguas e alterar completamente a sua aparência usando nada além de cortadores de unha e graxa de sapatos, ser você mesma é um pouco mais complicado — nós, as Garotas Gallagher, somos muito melhores sendo outras pessoas.

(E temos as carteiras de identidade falsas para provar isso.)

Minha mãe me abraçou e sussurrou:

— Vai dar tudo certo, filhota. — Enquanto isso, me conduzia pela multidão de consumidores no Pentagon City Mall. Câmeras de segurança acompanhavam cada movimento nosso, mas minha mãe continuava dizendo: — Está tudo bem. É o protocolo. É normal.

Mas desde que, aos quatro anos de idade, decifrei inadvertidamente um código da Sapphire Series NSA que meu pai havia comprado depois de uma missão a Cingapura, ficou bastante óbvio que o termo *normal* nunca se aplicaria a mim.

Afinal, garotas normais provavelmente adoram ir ao shopping com os bolsos cheios de dinheiro recebido no Natal. Garotas normais não são convocadas a Washington no último dia das férias de inverno. E garotas normais raramente têm vontade de vomitar quando suas mães tiram um jeans da prateleira e dizem à vendedora: "Com licença, minha filha gostaria de provar este."

Me senti tudo menos normal enquanto a vendedora examinava meu olhar em busca de alguma pista.

— Experimentou os que chegaram de Milão? — perguntou. — Parece que os modelos europeus têm um caimento muito bom.

Ao meu lado, minha mãe manuseou o brim macio.

— Sim, tive um como este, mas estragou com as lavagens.

E então a vendedora, com um meio-sorriso em seu rosto, apontou para um corredor estreito.

— Acho que a cabine *sete* está disponível. — Aí fez menção de se afastar, mas virou-se e sussurrou para mim:

— Boa sorte.

E eu não tive a menor dúvida de que iria precisar disso.

Descemos o corredor estreito, e uma vez dentro da cabine, minha mãe fechou a porta. Nossos olhares se encontraram no espelho, e ela perguntou:

— Está pronta?

E fiz o que uma Garota Gallagher sabe fazer melhor: menti.

— É claro.

Pressionamos as palmas das mãos no espelho liso e sentimos o cristal se aquecer.

— Você vai se sair muito bem — disse mamãe, como se ser eu mesma não fosse tão difícil ou tão terrível. Como se eu não tivesse passado a vida toda querendo ser *ela*.

Nesse momento, o chão sob nossos pés começou a tremer.

As paredes se ergueram enquanto o chão cedia. Luzes brancas piscavam intensamente, queimando os meus olhos. Tonta, tentei me segurar no braço da minha mãe.

— É só um escaneamento do corpo — disse ela me tranquilizando, e o elevador continuou a descer, indo cada vez mais fundo no subterrâneo da cidade. Uma onda de ar quente bateu em meu rosto como o maior secador de cabelo do mundo. — Detectores de microrganismos infecciosos — explicou mamãe, enquanto prosseguíamos a nossa descida vertiginosa.

O tempo parecia ter parado, mas eu sabia contar os segundos. Um minuto, dois minutos...

— Estamos quase chegando — disse mamãe. Passamos por um raio laser que leu as nossas retinas. Em seguida, uma luz laranja intensa pulsou, e senti o elevador parar. As portas se abriram.

E então meu queixo caiu.

Azulejos de granito preto e mármore branco estendiam-se pelo piso do lugar cavernoso como um imenso tabuleiro de xadrez. Duas escadas se retorciam de lados opostos, espiralando por 12 metros até o segundo andar, enquadrando uma parede de granito com o selo prateado da CIA e o lema que eu sabia de cor:

E conhecerá a verdade, e a verdade o libertará.

Quando avancei, vi elevadores — dúzias deles — flanqueando a parede que fazia uma curva atrás de nós. Letras em aço inoxidável acima do elevador de que acabáramos de sair diziam: MODA FEMININA, SHOPPING. À direita, outras informavam: BANHEIRO MASCULINO, estação de metrô ROSLYN.

Uma tela no alto do elevador iluminava nossos nomes. RACHEL MORGAN, DEPARTAMENTO DE DESENVOLVIMENTO DE AGENTES SECRETOS. Olhei de relance para a minha mãe quando a tela mudou. CAMERON MORGAN, CONVIDADA TEMPORÁRIA.

Um dos elevadores apitou e logo DAVID DUNCAN, DIVISÃO DE REMOÇÃO DE CARACTERÍSTICAS IDENTIFICADORAS apareceu no elevador que dizia CONFESSIONÁRIO SÃO SEBASTIÃO. A essa altura, comecei a entrar em pânico — mas não no sentido oh-meu-Deus-estou-em-um-prédio-altamente-confidencial-três-vezes-mais-protegido-do-que-a-Casa-Branca. Não, o meu pânico estava mais para esta-é-a-coisa-mais-legal-que-já-aconteceu-comigo, pois, apesar dos três anos e meio de treinamento, tinha me esquecido temporariamente por que estávamos ali.

— Vamos, querida — disse mamãe, pegando a minha mão e me levando através do átrio, onde as pessoas subiam com determinação a escada em espiral. Carregavam jornais e conversavam, tomando xícaras de café. Era quase... normal. Mas então mamãe abordou um guarda, a quem faltava metade do nariz e uma orelha, e pensei que, quando se é uma Garota Gallagher, o normal definitivamente é uma coisa relativa.

— Bem-vindas — disse o guarda. — Coloquem as palmas das mãos aqui. — Indicou o balcão à sua frente e, assim que tocamos na superfície, senti o calor do scanner que memorizava minhas impressões. Uma impressora mecânica foi ativada não sei onde, e o guarda abaixou-se para pegar dois distintivos.

— Bem, Rachel Morgan — disse ele, olhando para a minha mãe como se ela não estivesse em pé na frente dele há um minuto. — Bem-vinda de volta! E esta deve ser a pequena... — O homem estreitou os olhos, tentando ler o distintivo em sua mão.

— Esta é minha filha, Cameron.

— É claro que é! Ela é a sua cara. — O que só provava que, qualquer que tenha sido o terrível incidente do nariz pelo qual ele passou, sem dúvida também afetou seus olhos, porque enquanto Rachel Morgan é frequentemen-

13

te descrita como bela, *eu* sou geralmente descrita como comum.

— Use isto, minha jovem — disse o guarda, passando-me o distintivo de identificação. — E não o perca: está carregado com um chip de rastreamento e meio miligrama de C-4. Se tentar removê-lo ou entrar em uma área não autorizada, será detonado. — Olhou-me fixamente. — E você vai morrer.

Engoli em seco, depois compreendi, de súbito, por que o dia de levar sua filha ao trabalho nunca foi comum na família Morgan.

— Ok — murmurei, pegando o distintivo com cuidado. Então, o homem bateu no balcão e, apesar do treinamento de espiã, dei um pulo.

— Há! — riu o guarda e inclinou-se para mais perto da minha mãe. — A Academia Gallagher está tornando as meninas mais crédulas do que no meu tempo, Rachel — provocou ele, depois piscou para mim. — Piada de espião.

Bem, pessoalmente, não achei a piada dele tão engraçada assim, mas minha mãe sorriu e pegou meu braço de novo.

— Vamos, filhota, não vai querer se atrasar.

Ela me conduziu por um corredor ensolarado que tornava quase impossível acreditar que estávamos no subterrâneo. Uma luz intensa e fresca tingia as paredes cinza, o que me lembrou o subsolo da escola... o que me lembrou minha turma de Operações Secretas... o que me lembrou a semana dos exames finais... o que me lembrou...

Josh.

Passamos pelo Escritório de Guerrilhas, mas não diminuímos o passo. Duas mulheres do lado de fora do Departamento de Camuflagem acenaram para a minha mãe, mas não paramos para conversar.

Aceleramos o passo, entrando cada vez mais fundo no labirinto de segredos, até o corredor se bifurcar, levando à esquerda, para o Departamento de Sabotagem e Explosões Aparentemente Acidentais, e à direita, para o Escritório de Desenvolvimento de Agentes Secretos e Inteligência Humana. E apesar do letreiro OBRIGATÓRIO O USO DE ROUPAS ANTICHAMAS A PARTIR DESTE PONTO no corredor à minha esquerda, eu teria preferido ir nessa direção. Ou simplesmente retornar ao shopping. A qualquer lugar, menos aonde eu sabia que precisava ir.

Pois, embora a verdade possa libertar você, isso não significa que não será doloroso.

— Meu nome é Cammie.

— Não, qual é o seu nome *todo*? — perguntou o homem diante do polígrafo, como se eu não estivesse usando o antes mencionado (e supostamente não explosivo) distintivo com o meu nome.

Pensei nas palavras sensatas de minha mãe e respirei fundo.

— Cameron Ann Morgan.

A sala à minha volta estava completamente vazia, exceto por uma mesa de aço inoxidável, duas cadeiras e um espelho falso. Provavelmente eu não era a única Garota Gallagher a se sentar nessa sala estéril — afinal, interrogatórios *fazem* parte do pacote de operações secretas. Mas, ainda assim, não consegui evitar me contorcer na cadeira de metal — talvez porque fizesse frio ali, talvez porque estivesse nervosa, talvez porque estivesse experimentando uma pequena *situação* de roupa íntima. (Anotação para mim mesma: desenvolver uma teoria sobre calcinhas entrando no traseiro durante um interrogatório — isso definitivamente pode ser uma boa ideia!) Mas o homem de aparência competente e óculos de armação de metal estava ocupado demais girando botões, batendo em teclas, tentando captar como a verdade soava vindo de mim, para se preocupar com a minha inquietação.

— A Academia Gallagher só ensina procedimentos de interrogatório a partir do nosso terceiro ano, sabe? — falei, mas o homem apenas murmurou "Hum-hummm."
— E ainda estou no segundo, por isso não precisa se preocupar se os resultados forem esquisitos ou coisa parecida. Não sou imune a seus poderes de interrogador. — *Ainda*.

— Bom saber disso — murmurou ele, sem tirar os olhos das telas.

— Sei que é apenas o protocolo padrão, por isso basta... perguntar. — Eu estava falando coisas sem sentido, mas não conseguia parar. — Mesmo — prossegui. — O que quer que precise saber, basta...

— Frequenta a Academia Gallagher para Garotas Superdotadas? — perguntou o homem abruptamente.

— Hã... sim? — respondi, por razões que nunca compreenderei, como se fosse uma pergunta ardilosa.

— Estudou Operações Secretas?

— Sim — respondi de novo, sentindo que recuperava a confiança, ou talvez fosse só o meu treinamento.

— O trabalho do curso de Operações Secretas chegou a levá-la à cidade de Roseville, Virginia?

Mesmo nessa sala estéril embaixo de Washington, D.C., quase consegui sentir a noite quente e úmida de setembro passado. Quase pude escutar a banda e sentir o cheiro do salsichão.

Minha barriga roncou quando respondi. "Sim".

O Cara do Polígrafo tomava notas e examinava o banco de monitores que o cercava.

— Foi quando reparou no Suspeito pela primeira vez?

Esse é o problema quando se é uma espiã apaixonada: seu namorado nunca tem nome. Pessoas como o Cara do Polígrafo nunca chamarão Josh pelo nome. Ele sempre será O Suspeito. Remover o seu nome era uma maneira de removê-lo, ou o que restava dele. Então, respondi:

— Sim. — Tive que me esforçar para não deixar a minha voz falhar.

— E utilizou o seu treinamento para desenvolver uma relação com O Suspeito?

— Nossa, falando desse jeito...

— Sim ou não, senhorita...?

— Sim!

O que, eu gostaria de salientar, não é tão grave quanto pode parecer já que, por exemplo, não é preciso um mandado de busca para vasculhar o lixo de alguém. Sério. Depois que atinge o meio-fio, é jogo limpo — pode ser investigado.

Mas de alguma maneira eu sabia que o Escritório de Desenvolvimento de Agentes Secretos e Inteligência Humana provavelmente estava muito menos interessado nessa coisa do lixo do que no que aconteceu *depois* da coisa do lixo. Portanto eu estava perfeitamente preparada quando o Cara do Polígrafo disse:

— O Suspeito a seguiu durante o exame final de Operações Secretas?

Pensei em Josh aparecendo no depósito abandonado durante a semana do exame, irrompendo pelas paredes, apoderando-se de uma empilhadeira para me "salvar", e então engoli em seco e respondi:

— Sim.

— E o Suspeito recebeu o chá de modificação da memória para apagar os eventos daquela noite?

Dito por ele, parecia tão fácil, tão preto no branco. É claro que minha mãe tinha dado um chá a Josh que supostamente limpava um espaço da memória da pessoa, apagava algumas horas de sua vida, e oferecia a todos uma chance de recomeçar do zero. Mas recomeçar do zero é algo raro na vida de qualquer um — especialmente na vida de um espião —, de modo que, pela milionésima vez, não me permiti pensar no que Josh se lembraria daquela noite, no que se lembraria de mim. Não me torturei com as perguntas que talvez nunca tivessem respostas, sabendo que não existe essa coisa de preto no branco — lembrando-me de que toda a minha vida é, por definição, um pouco cinza.

Balancei a cabeça e murmurei:

— Sim. — Mesmo que eu não quisesse, sabia que deveria proferir a palavra em voz alta.

Ele fez mais algumas anotações, pressionou algumas teclas.

— Está no momento envolvida com O Suspeito de alguma maneira?

— Não — repliquei abruptamente, pois sabia que era verdade. Não via Josh, não falava com ele, nem mesmo tinha invadido seu e-mail durante as férias de inverno, o que, considerando-se as circunstâncias do momento, acabou sendo uma coisa boa. (Além disso, eu tinha passado as duas últimas semanas em Nebraska, com vovô e vovó Morgan, e eles usam internet discada, o que levaria uma eternidade!)

Então, o homem de óculos de armação de metal desviou os olhos da tela e me encarou.

— E pretende reiniciar o contato com O Suspeito apesar das normas rígidas que proíbem esse tipo de relação?

Ali estava: a pergunta que ponderei por semanas.

Ali estava eu: Cammie, o Camaleão — a Garota Gallagher que havia arriscado a irmandade mais sagrada da história da espionagem... por um garoto.

— Srta. Morgan — disse o Cara do Polígrafo, ficando cada vez mais impaciente —, vai reiniciar o contato com O Suspeito?

— Não — respondi baixinho.

E olhei de relance para a tela para conferir se eu estava mentindo.

Capítulo Dois

Se você já foi interrogado pela CIA deve saber exatamente como me senti duas horas depois, sentada no banco de trás de uma limusine, observando a cidade dar lugar a casas e mais casas do interior. Montes de gelo enegrecido transformaram-se em mantas espessas de uma opulenta neve branca, e o mundo parecia limpo e renovado — pronto para um novo começo.

Eu não queria mais mentir (exceto para histórias oficiais, é claro). E não queria mais bisbilhotar por aí (bem... exceto quando envolvida em operações secretas). Só quero ser normal! (Ou tão normal quanto uma aluna de uma escola para espiãs pode ser.)

Quero ser... eu mesma.

Olhei para a minha mãe e reiterei a promessa de que nunca mais deixaria um garoto ficar entre mim e minha família, meus amigos ou questões de segurança nacional. Então me dei conta de que ela mal tinha dito uma palavra desde que partíramos de Washington, D.C.

— Eu fui bem, não fui? — perguntei, quase com medo de ouvir a resposta.

— É claro, querida. Você foi cem por cento.

O que, sem querer parecer pretensiosa ou coisa do gênero, eu, de certa maneira, já sabia, porque A) sempre me saio bem em testes; B) as pessoas que falham nos polígrafos geralmente não saem de prédios ultrassecretos e voltam de carro para suas escolas de espiãs.

Então, lembrei no espelho falso.

— Você pôde assistir, não é? — perguntei, esperando que ela respondesse: *Você foi fantástica, querida,* ou *Acho que isso vale um crédito extra,* ou *Lembre-se, respirar é fundamental quando está sendo interrogada por um TruthMaster 3000.* Mas não. Ela não disse nada disso.

Minha mãe apenas pôs a mão sobre a minha e replicou:

— Não, Cam. Eu tive que fazer algumas coisas.

Coisas? Minha mãe tinha perdido meu primeiro interrogatório oficial por causa de... *coisas*?

Eu devia pedir detalhes, implorar que ela explicasse como podia ter perdido esse marco na vida de uma jovem espiã, mas sei que as coisas que minha mãe faz envolvem normalmente segurança nacional, passaportes falsos e uma quantidade ocasional de plutônio para armas, de modo que falei:

— Ah, OK. — Eu sabia que não devia me sentir magoada, mas me senti mesmo assim.

Ficamos em silêncio até que não houvesse nada para ver fora da janela a não ser as altas cercas de pedras que circundavam o terreno da Academia Gallagher. Havíamos chegado.

Senti a limusine diminuir a velocidade e parar atrás da fila comprida de carros praticamente idênticos conduzidos por motoristas, os mesmos que nos traziam de volta à escola todo semestre. Havia mais de um século desde que Gillian Gallagher tinha decidido transformar a mansão de sua família em um colégio interno de elite, e mesmo então, depois de mais de cem anos instruindo garotas excepcionais, ninguém na cidade de Roseville, Virginia, fazia a menor ideia do quanto éramos excepcionais.

Nem mesmo meu ex-namorado.

"*Conte tudo!*", alguém gritou assim que abri a porta da limusine. A luz do sol refletiu na neve, cegou-me antes de eu poder focalizar o rosto da minha melhor amiga. Os olhos cor de caramelo de Bex me perfuraram, sua pele morena brilhava e, como sempre, ela parecia uma deusa egípcia.

— Foi incrível?

Ela chegou para o lado enquanto eu me arrastava para fora do carro, mas não parou porque... bem... Bex não tem exatamente uma tecla de *pause*. Tem *play* e *fast-forward*, e ocasionalmente *rewind*, mas Rebecca Baxter não se tornou a primeira Garota Gallagher nascida fora dos EUA da história ficando imóvel.

— Eles fritaram você? — prosseguiu ela. Então os olhos se arregalaram e seu sotaque se acentuou. — *Houve tortura?*

Bem, é claro que não houve tortura. Mas antes de eu ter tempo de responder, Bex exclamou:

— Aposto que foi brilhante! — A maioria das meninas na Inglaterra crescem querendo se casar com um príncipe. Bex cresceu querendo dar uma surra em James Bond e assumir sua classificação de zero duplo.

Minha mãe deu a volta por trás do carro.

— Boa-tarde, Rebecca. Tudo correu bem na sua chegada do aeroporto? — E então, apesar do sol brilhando intenso à nossa volta, uma sombra pareceu passar pelo rosto da minha melhor amiga.

— Sim, senhora. — Tirou uma de minhas malas da mala aberta do carro. — Obrigada de novo por me deixar passar as férias de inverno com vocês. — A maioria das pessoas não teria notado a ligeira mudança na sua voz, a tênue vulnerabilidade de seu sorriso. Mas eu entendo como é não saber em que continente seus pais estão, ou quando os verá de novo, se é que vai voltar a vê-los. Minha mãe estava do meu lado, mas tudo o que Bex tinha era uma mensagem cifrada dizendo que seus pais estavam representando o MI6 em um projeto conjunto com a CIA, e que, independente da sua vontade, não poderiam passar o Natal em casa.

Quando mamãe abraçou Bex e sussurrou "Você é sempre bem-vinda, querida", não consegui deixar de pensar em como Bex tinha a mãe e o pai juntos mesmo que por pouco tempo e eu tinha só a minha mãe quase o tempo todo, mas, nesse exato momento, nenhuma de nós parecia completamente feliz com a situação.

Ficamos em silêncio por um minuto, observando minha mãe se afastar. Eu poderia ter perguntado a Bex sobre seus pais. Ela poderia ter mencionado o meu pai. Mas em vez disso simplesmente me virei para ela e disse:

— Tenho que conhecer a mulher que colocou aparelhos de escuta na Embaixada de Berlim em 1962.

E isso foi tudo que precisei fazer para minha amiga sorrir.

Atravessamos as portas principais, a entrada lotada, e subimos a imponente escadaria. Estávamos na metade do caminho para nossos quartos quando alguém — ou melhor, alguma coisa — nos parou de repente.

— Senhoritas — chamou Patrícia Buckingham quando me virei para a porta da Ala Leste, o caminho mais rápido para chegarmos. Tentei a maçaneta, mas ela não se mexeu.

— Está... — Girei com mais força. —... emperrada!

— Não está presa, senhoritas — falou Buckingham, seu sofisticado sotaque britânico sobressaindo no barulho no salão embaixo. — Está trancada — continuou, como se na Academia Gallagher trancássemos portas o tempo todo, o que posso afirmar, não era o caso. Quero dizer, é claro que muitas portas estão protegidas com códigos aprovados pela Agência de Segurança Nacional, ou scanners de retina, mas nunca estão simplesmente... trancadas. (Porque, realmente, qual seria o sentido já que há seções inteiras da nossa biblioteca com a legenda *Fechaduras: Manipulação e Abertura*?)

— Receio que o departamento de segurança tenha passado as férias de inverno corrigindo uma série de... digamos... *lacunas* no sistema de segurança. — A professora Buckingham olhou-me por cima de seus óculos de leitura e senti a culpa embrulhar o meu estômago. — E descobriram que a ala havia sido contaminada por emanações do laboratório de química. Consequentemente, esta passagem permanecerá interditada por enquanto. Terão de encontrar outro caminho para seus quartos.

Bem, depois de três anos e meio explorando cada polegada da mansão Gallagher, sei melhor do que ninguém que *existem* outros caminhos para os nossos quartos (alguns dos quais requerem sapatos fechados, uma chave de fenda cruzada, e quase 50 metros de corda de rapel). Mas antes que eu tivesse tempo de mencionar qualquer um deles, Buckingham virou-se para nós e disse:

— Ah, Cameron, querida, por favor, seu caminho alternativo não deve envolver se arrastar por entre as paredes.

Essa coisa de recomeço ia ser mais difícil do que eu imaginava.

Bex e eu nos dirigimos à escada dos fundos, onde Courtney Bauer estava experimentando as botas que tinha ganhado no Hanucá. Quando passamos pela sala habitual das alunas do segundo ano, vimos Kim Lee demonstrando a variação da posição Proadsky que ela tinha aprendido durante as férias. Vimos garotas de todos os tamanhos, formas e cor e, a cada passo que dava, me sentia mais confortável. Finalmente, empurrei a porta da nossa suíte, e estava no meio da manobra jogar-a-mala-na-cama, quando alguém me agarrou por trás.

— Ah, meu Deus! — gritou Liz. — *Eu estava tão preocupada!*

Minha mala aterrissou com força no meu pé, mas não pude gritar de dor, porque Liz continuava a me apertar, e apesar de ela pesar menos de 50 quilos, consegue apertar com muita força quando quer.

— Bex disse que você foi interrogada — falou. — Também disse que era *Confidencial*!

Sim. Praticamente tudo o que fazemos é *Confidencial*, mas a novidade nunca se esgota para Liz, provavelmente porque, ao contrário de Bex e de mim, e de setenta por cento de nossas colegas de turma, os pais dela dirigem um Volvo e participam de comitês da Associação de Pais e Professores, e nunca tiveram de matar um homem com um exemplar da revista *People*. (Não que alguém possa provar que minha mãe tenha realmente feito isso — é apenas boato.)

— Liz, está tudo bem — repliquei, relaxando. — Foi apenas um interrogatório. Um protocolo normal.

— Então... — começou Liz. — Você não está encrencada? — Ela pegou um livro pesado. — Porque o artigo nove, seção sete do *Manual de Desenvolvimento de Agentes Secretos* diz claramente que agentes em treinamento podem ser colocados temporariamente em...

— Liz — interrompeu Bex —, por favor, me diz que não passou a manhã decorando esse livro.

— Não decorei — replicou Liz, na defensiva. — Apenas... li. — Algo que, quando se tem uma memória fotográfica, é a mesma coisa, mas preferi não falar nada.

No final do corredor, ouvi Eva Alvarez explicando como Buenos Aires é incrível no Ano-Novo. Duas calouras passaram correndo por nossa porta, conversando sobre quem daria uma Garota Gallagher melhor: Buffy, a Caça-Vampiros ou Verônica Mars (um debate muito mais interessante pelo fato de estar acontecendo em persa).

A forte luz do sol entrava por nossa janela, refletindo da neve. Era um novo semestre e minhas melhores amigas estavam do meu lado. Tudo parecia normal no mundo.

* * *

Trinta minutos depois eu estava de uniforme descendo a escadaria em espiral em direção ao Salão Nobre com o resto do corpo discente. Quer dizer, a maioria do corpo discente.

— Onde está Macey?

— Ah, ela já chegou — disse Liz, mas disso eu sabia. Afinal, era meio difícil ignorar o armário cheio de roupas de grife, os inúmeros produtos para a pele absurdamente caros (muitos dos quais eram legais somente na Europa), e o fato de alguém ter dormido recentemente na cama dela.

Na última vez que eu tinha visto a nossa quarta companheira de quarto, ela estava se preparando para passar três semanas nos Alpes suíços com o pai senador, a mãe herdeira de uma marca de cosméticos e um chef famoso do Food Channel. Mas Macey McHenry tinha retornado cedo. E agora não era vista em lugar nenhum.

Bex também estava olhando em volta, por cima das cabeças das calouras que seguiam à nossa frente.

— Ela disse que tinha de fazer uma pesquisa na biblioteca, mas isso foi há horas. Achei que ela nos encontraria aqui, mas... — sua voz foi diminuindo, mas os olhos continuavam procurando.

— Vão comer — falei, me afastando para descer o corredor. — Vou procurar por ela.

Abri as pesadas portas da biblioteca e entrei na sala ladeada de estantes de livros. Sofás de couro confortáveis e antigas mesas de carvalho circundavam uma lareira. E ali, no centro de tudo, estava Macey McHenry. Sua cabeça descansava sobre a última edição da publicação mensal *Química Molecular*. Havia manchas do marca-texto rosa na sua bochecha e baba tinha escorrido da boca para o tampo da mesa.

— Macey — sussurrei, sacudindo delicadamente o seu ombro.

— O quê? Hã... Cammie? — Ergueu-se com esforço e pestanejou. — Que horas são? — gritou, dando um pulo e derrubando no chão uma pilha de cartões de anotações.

Curvei-me para ajudá-la a catá-los.

— O jantar de boas-vindas já vai começar.

— Ótimo — respondeu, parecendo alguém que não estava achando nada ótimo.

Seu cabelo negro lustroso estava emaranhado e seus olhos, normalmente azuis brilhantes, estavam opacos de sono. Embora eu já soubesse a resposta, não consegui deixar de perguntar:

— As férias foram boas?

Ela me lançou um olhar que poderia ser mortal (e seria, assim que o nosso principal cientista, o Dr. Fibs, aperfeiçoasse sua tecnologia olhares-que-podem-matar).

— Com certeza. — Macey soprou uma madeixa do cabelo que cobria seu belo rosto e pôs o último cartão de memória sobre a pilha. — Até o momento em que meus pais viram minhas notas.

— Mas suas notas são excelentes! Você realizou o equivalente a quase dois semestres de trabalho. Você...

— Consegui quatro As e três Bs — finalizou Macey por mim.

— *Eu* sei! — gritei. Afinal, eu mesma tinha lhe ensinado os pontos mais complexos de macroeconomia, regeneração molecular e conversação em suaíli.

— E, segundo *o senador* — disse Macey, mantendo o juramento tácito de nunca mencionar o nome do pai —, não existe a menor chance de *eu* ser capaz de tirar quatro As e três Bs, logo eu só poderia ter colado.

— Mas... — Lutei para encontrar as palavras. — Mas... Garotas Gallagher não colam! — E é verdade. Não é para soar dramático ou coisa do gênero, mas as notas de verdade de uma Garota Gallagher não significam passar ou não de ano: são calculadas em termos de vida ou morte. Mas o senador McHenry não sabia disso. Olhei para a bela debutante que tinha sido expulsa de todas as escolas preparatórias da Costa Leste e agora tirava As e Bs na escola para espiãs, e percebi que o senador não sabia de muitas coisas. Nem mesmo sobre sua própria filha.

A biblioteca estava vazia, mas continuei falando em voz baixa:

— Macey, você precisa contar à minha mãe. Ela pode ligar para o seu pai. Podemos...

— De jeito nenhum! — replicou Macey, como se eu estivesse sempre cortando o seu barato. — Além do mais, já sei o que vou fazer.

Tínhamos alcançado as portas pesadas da biblioteca quando parei e perguntei:

— O quê?

— Estudar! — Macey ergueu as sobrancelhas perfeitas. — Na próxima vez *só* terei As. — E então sorriu como se, depois de 16 anos de prática, finalmente tivesse descoberto a maneira definitiva de desafiar seus pais.

Ouvi vozes no corredor, o que era estranho porque, nesse momento, todo o corpo discente da Academia

Gallagher estaria no Salão Nobre. Algo nos paralisou. E nos fez esperar. E apesar da porta maciça entre nós, ouvi claramente minha mãe dizer: "Não, Cammie não sabe de nada."

Bem, sendo uma espiã (e mulher), há muitas e muitas frases que me farão parar e escutar, e nem é preciso dizer que "Cammie não sabe de nada" certamente é uma delas!

Recostei-me na porta enquanto, ao meu lado, os grandes olhos azuis de Macey ficavam ainda maiores. Inclinou-se para mim e sussurrou:

— *O que* você não sabe?

— Ela não suspeitou de nada? — perguntou o Sr. Solomon, meu atraente instrutor de Operações Secretas.

— *Do que* você não suspeitou? — perguntou Macey.

Bem, é claro que o problema de não saber e não suspeitar é que eu não *sabia* nem *suspeitava*, mas não pude falar isso porque, no momento, minha mãe estava no outro lado da porta dizendo:

— Não, ela estava sendo interrogada na hora.

Relembrei a longa e silenciosa viagem de volta de Washington, D.C., a maneira como minha mãe tinha olhado para o campo gelado ao me dizer que não assistira ao meu interrogatório — porque tivera *coisas* a fazer.

— Não podemos contar a ela, Joe — disse minha mãe. — Não podemos contar a ninguém. Não até ser necessário.

— Nem sobre *black thorn*?

— Sobre nada. — E então mamãe deu um suspiro. — Só quero que as coisas permaneçam tão normais quanto possível, por quanto tempo for possível.

Olhei para Macey. Normal tinha acabado de assumir um significado totalmente novo.

Depois que eles se foram, Macey e eu voltamos para o Salão Nobre e para a mesa do segundo ano. Mamãe já tinha se acomodado em seu lugar na frente da sala. Percebi que Liz sussurrou "Por que demoraram tanto?" quando nos sentamos. Mas fora isso, não tenho certeza de nada, porque, para dizer a verdade, estava com uma pequena dificuldade para ouvir. E falar. E andar.

Todas as mães têm segredos — a minha mais do que a maioria — e, mesmo que eu soubesse que havia uma porção de coisas que minha mãe jamais me contaria, nunca me ocorreu que alguns segredos que ela guardava eram sobre mim. Pode não parecer uma grande diferença, mas é.

Mamãe apoiou-se no pódio e olhou para a centena de garotas prontas para o novo semestre.

— Bem-vindas de volta, todas vocês. Espero que as férias tenham sido maravilhosas — disse ela.

— Cammie — sussurrou Bex, olhando para mim, depois para Macey. — Alguma coisa está acontecendo com vocês, não é mesmo?

Antes de eu poder responder, minha mãe prosseguiu:

— Gostaria de começar com a excelente notícia de que neste semestre ofereceremos um novo curso, História da Espionagem, ministrado pela professora Buckingham. — Aplausos discretos ecoaram no Salão Nobre, quando o membro mais velho da equipe nos acenou brevemente.

"E também — continuou minha mãe, devagar —, como muitas de vocês sem dúvida notaram, a Ala Leste ficará interditada por algum tempo, já que uma obra recente na mansão revelou que estava contaminada por emanações do laboratório de química.

— Cammie — disse Liz chegando mais para perto —, parece que você vai... vomitar.

Bem, *eu estava* sentindo vontade de vomitar.

— E acima de tudo — disse minha mãe —, quero desejar a todas um excelente semestre.

O silêncio que tomara o corredor um momento antes evaporou-se em um coro de garotas falando e passando pratos. Tentei diminuir o volume, prestar atenção nos pensamentos que rodopiavam na minha cabeça, como a neve lá fora. Fechei os olhos com força, forçando o salão a se dissolver, até que então, tudo se esclareceu.

E sussurrei o que sabia há anos, mas só agora havia me lembrado.

— Não existe acesso de ventilação do laboratório de química para a Ala Leste.

Capítulo Três

São muitos os prós e contras de se viver em uma mansão de duzentos anos. Por exemplo: ter cerca de uma dúzia de lugares bastante isolados e ainda assim dentro dos limites do edifício onde se pode discutir informação confidencial: PRÓ.

O fato de nenhum desses lugares terem aquecimento e/ou isolamento térmico quando se está discutindo as informações acima mencionadas em pleno inverno: CONTRA.

Duas horas depois do jantar de boas-vindas, Macey estava apoiada no muro de pedra no alto de uma das torres mais altas da mansão, desenhando suas iniciais nas vidraças embaçadas. Liz andava de lá para cá, Bex tremia, e eu estava sentada no chão, os braços em volta dos joelhos, cansada demais para fazer meu sangue circular apesar do frio que atravessava meu uniforme e congelava meus ossos.

— Então foi isso? — perguntou Bex. — Isso foi tudo o que sua mãe e o Sr. Solomon disseram? Literalmente?

Macey e eu olhamos uma para a outra, relembrando a conversa que tínhamos escutado e a história que tínhamos acabado de contar. Então balançamos a cabeça e dissemos:

— Literalmente.

Naquele momento, a turma toda do segundo ano provavelmente estava aproveitando a última noite que teríamos sem dever de casa por um bom tempo (corria o boato que Tina Walters estava organizando uma maratona Jason Bourne), mas nós quatro estávamos na torre, congelando os nossos você-sabe-o-quê, atentas ao rangido das dobradiças da pesada porta de carvalho na base das escadas que nos avisaria se alguém chegasse.

— Não consigo acreditar — disse Liz, sem parar de andar, talvez para se aquecer, mas provavelmente porque... bem... Liz sempre gostou daquilo. (E os pontos desgastados do piso do nosso quarto são provas concretas disso.)

— Cam — perguntou Liz —, tem certeza de que a Ala Leste não poderia ter sido contaminada pelos vapores do laboratório de química?

— É claro que ela tem — respondeu Bex, com um suspiro.

— Mas está absolutamente, positivamente, cem por cento segura? — perguntou Liz de novo. Afinal, como a pessoa mais jovem já publicada na *Scientific American*, Liz gosta que as coisas sejam verificadas e comprovadas, de preferência com referência cruzada e que não se tenha a menor sombra de dúvida de sua veracidade.

— Cam — disse Bex, virando-se para mim —, quantos canais de ventilação há na cozinha?

— Catorze. Sem incluir a copa. Está incluindo a copa? — Isso deve ter sido o suficiente para provar o meu conhecimento, pois Macey revirou os olhos e se jogou no chão ao meu lado.

— Ela tem razão.

Na fraca luz da sala fria, eu podia ver os flocos de neve rodopiarem no vento lá fora, soprando do telhado da mansão (ou... melhor... as partes do telhado que não estavam protegidas com telhas de segurança eletrificadas). Mas do lado de dentro, nós quatro estávamos caladas e imóveis.

— Por que mentiriam? — perguntou Liz, mas Bex, Macey e eu só olhamos para ela, nenhuma de nós querendo apontar o óbvio: *porque são espiões.*

Isso é algo que eu e Bex tínhamos compreendido durante toda a nossa vida. A julgar pela expressão em seu rosto, Macey também tinha entendido (afinal, seu pai *é* político). Mas Liz não tinha crescido sabendo que mentiras não são somente as coisas que contamos — elas são a vida que levamos. Liz ainda queria acreditar que pais e professores sempre dizem a verdade, que se você comer legumes e escovar os dentes nada de ruim vai lhe acontecer. Eu já sabia havia muito tempo, mas ainda restava uma certa ingenuidade em Liz. E eu odiava vê-la perder isso.

— O que é *black thorn*? — perguntou Macey, olhando para cada uma de nós. — Quero dizer, vocês também não sabem, certo? Não é só porque sou a novata, né?

Todas negaram sacudindo a cabeça, e então elas olharam para mim.

— Nunca ouvi falar — concordei.

E era verdade. Não era o nome de nenhuma operação secreta que tivéssemos analisado, nenhuma realização científica que tivéssemos estudado. *Black thorn* ou *Blackthorne* ou seja lá o que for, alguém, alguma coisa, algum lugar! E quem — ou o quê, ou onde — tinha feito minha mãe perder meu primeiro interrogatório, também tinha obrigado meu instrutor de Operações Secretas a ter uma conversa clandestina com a diretora da Academia Gallagher, e entrara furtivamente na escola (ou pelo menos na Ala Leste), e ali estávamos, sem saber direito o que uma Garota Gallagher devia fazer.

Quero dizer, tínhamos três opções perfeitamente viáveis: A) Poderíamos esquecer o que tínhamos escutado e ir para a cama. B) Poderíamos assumir a tal "honestidade" e contar à minha mãe tudo o que sabíamos. Ou C) Eu poderia ser... eu mesma. Ou, mais especificamente, o que *eu era antes*.

— A passagem proibida da Ala Leste está quase diretamente embaixo de nós — falei bem devagar. — Tudo o que temos de fazer é ter acesso ao poço do pequeno elevador manual no quarto andar, manobrar pelas passagens de aquecimento do lado da sala de aula de Cultura e Assimilação, e descer com cordas de rappel mais ou menos quinze metros pela tubulação. — Mas, enquanto eu dizia essas palavras, sabia que não era tão fácil quanto parecia.

— Então... — falou Macey —, o que estamos esperando? — Ficou em pé de um pulo e foi em direção à porta.

— Macey! Espere! — Todas olharam para mim. — O departamento de segurança fez muitas obras durante as nossas férias. — Puxei mais as pernas e as abracei com mais força. — Não sei que tipo de melhorias fizeram, o que podem ter mudado. Estiveram em todos os túneis e passagens, e... — Minha voz baixou, grata por Bex estar ali e concluir a frase por mim.

— Não sabemos o que tem lá, Macey — falou, embora o fato de não sabermos o que nos aguardava na Ala Leste fosse, de certa maneira, o motivo da missão, e eu poderia afirmar, pela expressão no rosto de Macey, que ela estava se preparando para dizer o mesmo.

— Surpresas — concluí devagar —, no geral... são ruins.

Macey se jogou no chão do meu lado, enquanto eu dizia a mim mesma que tudo o que dissera era verdade. Afinal, era uma operação de risco. Não tínhamos a informação adequada nem tempo suficiente para nos prepararmos. Posso listar uma dúzia de razões perfeitamente lógicas para ter permanecido naquele piso de pedra, mas a razão que não mencionei às minhas amigas foi a seguinte: eu tinha prometido à minha mãe que meus dias de mentir e violar regras tinham acabado. E esperava que minha promessa durasse mais de 24 horas.

— Então, o que vamos fazer? — perguntou Liz.

Bex sorriu.

— Ah — replicou ela, maliciosamente —, vamos pensar em alguma coisa.

Relatório de Operações Secretas
Sumário da Vigilância

De Cameron Morgan, Rebecca Baxter, Elizabeth Sutton e Macey McHenry (a partir deste ponto referidas como "As Agentes")

Quando tomaram conhecimento de que o corpo docente da Academia Gallagher para Garotas Superdotadas estava planejando uma operação fraudulenta, As Agentes deram início a uma investigação e a uma missão de reconhecimento para determinar o seguinte:

1. O que era essa coisa assustadora que As Agentes não deveriam identificar?
2. Por que As Agentes não tinham mais permissão para entrar na Ala Leste? (Mudança que tinha acrescentado em média dez minutos e meio para nos locomovermos entre aulas, diariamente!)
3. Quem ou o que era *Black Thorn*, além de um tipo de árvore? Ou talvez *Blackthorne*? (Seria possível que a diretora Morgan e o Sr. Solomon estivessem lidando com um grupo de jardineiros terroristas?)
4. Como o Sr. Solomon ficava sem camisa? (Porque, se você vai instalar um posto de observação, tem de ser detalhista.)

Quando acordei na manhã seguinte tentei não pensar na noite anterior, mas é meio difícil esquecer missões secretas e potencialmente perigosas, quando A) o piso sujo da torre manchou a saia do seu melhor uniforme. B) No café da manhã, sua mãe diz: "Bom-dia, Cam. Divertiram-se ontem à noite?", o que todo mundo sabe que deve ser traduzido como *Estou agindo de maneira perfeitamente normal porque tenho algo a esconder*. C) Evitar a misteriosamente interditada Ala Leste significa ter de buscar caminhos alternativos para sessenta por cento de seus destinos diários.

Ao descer, passei devagar pela porta que dava para a Ala Leste. Era simplesmente mais uma porta — de madeira escura, *sólida*, com uma antiga maçaneta de metal. Havia centenas de outras iguais na mansão, mas essa estava trancada, em área proibida, de modo que, como qualquer bom espião, era justamente a que eu queria abrir.

Senti Kim Lee chegar do meu lado, relanceou os olhos para a porta, e disse:

— Dar a volta é uma chatice. — É claro que ela não pensou na possibilidade de metade dos nossos professores estar atrás dessa porta, naquele exato momento, planejando um ataque a jardineiros assassinos!

Eu, é claro, estava tendo dificuldades em pensar em qualquer outra coisa.

Nem mesmo a visão do Sr. Smith aparecendo na aula de PdM (Países do Mundo), segurando uma jarra com moedas e nos mandando converter para o dólar oito moedas diferentes conseguiu cessar essa minha obsessão pela porta e os segredos que guardava.

Nem mesmo a aula da Madame Dabney sobre a arte dos bilhetes de agradecimento perfeitos e o potencial obviamente pouco utilizado das mensagens cifradas afastou minha mente da Ala Leste.

Já tínhamos um dever de casa que levaria duas horas para terminar e a promessa de um teste surpresa sobre as plantas venenosas do sudeste da Ásia; todos os professores estavam agindo como se não fizessem a menor ideia do que estava acontecendo ou como se tivessem jurado levar o segredo ao túmulo (o que poderia ser verdade).

Tudo tinha voltado ao normal na Academia Gallagher, e quando descemos, depois da aula de Cultura e Assimilação (C&A), foi quase como se as férias de inverno não tivessem acontecido.

Quase.

— Bem, é isso — disse Liz. Bex e eu nos dirigimos ao elevador que ficava escondido no corredor estreito debaixo da Escadaria Principal.

— O que foi? — perguntei. Então me virei e percebi que Liz não estava indo conosco para a próxima aula.

Em vez disso, ela tinha enganchado os dedos nas tiras de sua mochila e dado um passo no sentido contrário.

— Tenho Química Orgânica Avançada.

Mas Bex e eu não tínhamos Química Orgânica Avançada e sim Operações Secretas. A partir desse momento, nós duas seríamos treinadas para uma vida de missões e trabalho de campo, enquanto Liz se preparava para uma carreira em um laboratório ou um escritório. Pensei nos formulários que tínhamos preenchido no semestre passado, na escolha que eu tinha feito, recusando qualquer esperança de uma vida segura e normal — de me relacionar com garotos como Josh. Portanto, não é de admirar que minha voz tenha falhado ao dizer:

— Ah. Ok.

Bex e eu olhamos fixo no espelho que ocultava a entrada do elevador, depois esperamos que o laser vermelho escaneasse nossas retinas e nos liberasse para o segundo semestre no Subsolo Um. Tentei não pensar em como, pela primeira vez desde o primeiro ano, Liz não estaria do nosso lado.

Bex devia estar pensando na mesma coisa, porque não demorou para dizer:

— Tem *certeza* de que quer passar os próximos dois anos e meio fazendo experimentos e violando códigos? — Quando examinou o reflexo pálido de Liz, deu uma piscadela marota. — Porque a aula de Operações Secretas fará exercícios debaixo d'água, e sabe de uma coisa? O Sr. Solomon vai ter de tirar a camisa.

Um retrato de Gillian Gallagher pendia na parede atrás de nós. Vi seus olhos verdes cintilantes e, depois, o espelho deslizou para o lado, revelando o pequeno elevador para a sala de aula de Operações Secretas. Liz observou as portas se fecharem atrás de nós, depois Bex se virou e gritou:

— Talvez o Sr. Mosckowitz também faça topless alguma vez!

E ouvi Liz rir.

— Ela vai ficar bem sem a gente, não vai? — perguntou Bex.

Ouvimos o barulho de uma armadura caindo no chão e o típico "*Opa!*" de Liz.

Quando o elevador começou a subir, Bex disse:

— Nem precisa responder.

Agora, o que você precisa saber sobre o Subsolo Um: é grande. Do tipo existem-estádios-de-futebol-menores. E, enquanto o resto da mansão é feito de pedra e madeira antigas, não há nada nas divisórias de vidro fosco e móveis de aço inoxidável da sala de aula de OpSec (Operações Secretas) que possa ser confundido com uma mansão de duzentos anos cheia de garotas privilegiadas.

Bex e eu saímos do elevador, nossos passos ecoando ao passarmos pela biblioteca de OpSec, cheia de livros tão sensíveis que é impossível retirá-los do subsolo. (São feitos com um tipo de papel que, por medida de segurança, desintegra se exposto à luz natural.) Passamos pelos caras grandalhões do departamento de manutenção, que sorriram e disseram: "Acabem com eles, garotas". (Pelo que conheço dos caras do *nosso* departamento de manutenção, eles podem muito bem ter realmente falado a sério.)

Fui para a minha cadeira tentando não pensar em Liz ou *na porta* ou em nada além do fato de estar finalmente de volta à única parte da Academia Gallagher que nunca pretendia ser o que não era.

Isso foi antes de Tina Walters se inclinar perto de mim, sorrindo largo, mascando chiclete como somente alguém da terceira geração de espiões colunistas de fofocas pode fazer.

— Então, Cammie, é verdade que mandaram uma equipe da SWAT para tirá-la da casa de seus avós na manhã do Natal? — Tina não esperou pela resposta. — Porque eu soube que você enfrentou uma boa luta, mas que acabaram pondo a meia de Natal em sua cabeça e a enrolaram numa manta.

Provavelmente chegará um dia em que a segurança nacional vai ficar nas mãos de Tina Walters. Felizmente, esse dia ainda não chegou.

— Eu estava com ela, Tina — disse Bex. — Acha realmente que conseguiriam levar nós duas?

Tina balançou a cabeça, cedendo. Antes de ela poder investigar mais, uma voz grossa disse:

— Vigilância estática. — O Sr. Solomon entrou na sala sem nem mesmo um olá. — É a base do que fazemos, e há uma regra de ouro. Qual é?

E então, apesar de tudo, esperei ver Liz com a mão levantada, mas é claro que foi uma voz diferente que respondeu:

— A primeira lei de vigilância estática é que o agente deve usar os meios mais simples, os menos intrusivos possíveis.

Bem, o meu primeiro pensamento foi que o Subsolo Um tinha sido contaminado por alguma espécie de substância química alucinógena, pois a garota que falou soou como Anna Fetterman. *Parecia-se* com Anna Fetterman. Mas não havia a menor chance de Anna Fetterman fazer o curso de Operações Secretas!

Não me entenda mal, amo a Anna. Realmente, a amo. Mas uma vez vi fazer o próprio nariz sangrar ao abrir uma lata de Pringles. E isso não é o tipo de personalidade que grita *Deixe eu saltar de paraquedas no telhado de uma embaixada estrangeira para colocar um aparelho de escuta nas abotoaduras do embaixador*, se entende o que quero dizer.

Mas o Sr. Solomon demonstrou-se surpreso? Não.

— Muito bem, Srta. Fetterman — disse simplesmente, como se tudo estivesse normal... o que não era o caso! Quero dizer, Anna estava frequentando Operações Secretas, minha mãe estava escondendo algo de mim, e havia uma ala inteira da nossa escola a qual nem mesmo eu tinha acesso! Nada estava normal!

Joe Solomon tinha sido agente secreto por 18 anos, portanto, era natural que ele estivesse completamente calmo e relaxado, apoiado na sua mesa.

— Negociamos informação, senhoritas. Não se trata de operações. Trata-se de inteligência. Não se trata de engenhocas eletrônicas. Trata-se de cumprir o trabalho requisitado. — O Sr. Solomon olhou em volta da sala.

— Em outras palavras, não se deem o trabalho de plantar câmeras na sala de estar, se o seu alvo nunca fecha as venezianas.

Eu comecei a anotar tudo, mas então o Sr. Solomon puxou o caderno de Eva Alvarez e o colocou na bolsa dela, que estava aberta.

— Nada de anotações, senhoritas.

Nada de anotações? O que ele queria dizer com nada de anotações? Estava falando sério? (Aliás, provavelmente era melhor que Liz não estivesse fazendo Operações Secretas, porque o esforço de não fazer anotações ia acabar fazendo sua cabeça explodir!)

Na frente da sala, Joe Solomon virou-se para o quadro e começou a diagramar um típico cenário de vigilância estática. Anna segurava a caneta com tanta força que parecia estar prestes a distender um músculo, mas o Sr. Solomon devia ter olhos na nuca, pois disse:

— Eu disse *nada de anotações*, Srta. Fetterman. — Isso fez Anna largar a caneta como se ela tivesse lhe dado um choque. (E pode ter acontecido, pois temos alguns instrumentos de escrita muito especiais aqui na Academia Gallagher.)

— Este não é um curso obrigatório, senhoritas. Não precisam mais vir. — O Sr. Solomon se virou. Seus olhos verdes nos perfuraram, e nesse momento Joe Solomon não era apenas o nosso professor mais atraente, mas também o mais assustador. — Seis de suas colegas de turma já escolheram uma vida relativamente segura nos cursos de pesquisa e planejamento de operações. Se não conseguem se concentrar durante uma aula de 50 minutos, proponho que se juntem a elas.

Virou-se de novo para o quadro e continuou a escrever.

— A memória é a primeira e a melhor arma, senhoritas. Aprendam a usá-la.

Fiquei ali por um bom tempo, absorvendo o que ele dissera, ou seja, sabendo que o professor tinha razão. Nossa memória é a única arma que carregamos sempre, independente de aonde formos, mas então pensei sobre a outra parte da sua explicação. — *Não tornem as coisas mais difíceis do que têm de ser.* Pensei no que escutara na noite anterior. A expressão nos olhos de minha mãe na longa e silenciosa viagem de volta. E finalmente... em Josh. E então percebi que a minha vida seria muito mais fácil se eu pudesse *esquecer* algumas coisas.

Capítulo Quatro

Sumário de Vigilância

Utilizando o modelo do "meio menos intrusivo possível" de operações secretas, As Agentes foram capazes de apurar o seguinte:

Segundo alguns mecanismos muito populares de busca na internet, *"black thorn"* é um tipo comum de fungo que dá na rosa, mas não parece ser o codinome de alguma teoria de conspiração do governo.

Existem 1.947 pessoas nos Estados Unidos chamadas Blackthorne, mas, segundo o Ministério da Fazenda, nenhuma delas registrou sua profissão como Espião, Agente da CIA, Necrófilo, Assassino, Matador Profissional, Prostituta, *Freelancer*, Condenado (ou condenada) Recém-Libertado, Agente Secreto, Agente ou Artista de Calçada.

Espiar a Ala Leste através da porta não era possível porque, apesar dos rumores que afirmavam o contrário, os óculos de visão raios X do Dr. Fibs não tinham ido além da fase de protótipo. (O que também explicava porque ele estava usando aquele tapa-olho.)

A parte boa de se frequentar uma escola para espiãs é que se tem amigas geniais, com habilidades incríveis, que são capazes de ajudá-la em qualquer "projeto especial" que apareça. A parte ruim é que realmente se envolvem neles. Demais até.

— Tem de estar aqui em algum lugar! — gritou Liz mais alto que o barulho dos livros pesados batendo na madeira enquanto ela jogava os volumes de 9 a 14 de *Vigilância através dos séculos* sobre a mesa da biblioteca.

Olhei em volta, na sala silenciosa, esperando que alguém a mandasse ficar quieta, mas tudo o que ouvi foi o crepitar da lenha na lareira e o suspiro de uma garota que, depois de gastar todo o tempo livre na semana enfurnada na biblioteca, estava começando a perder a fé nos livros. (E Liz é a garota que dormiu com um exemplar de *Criptografia avançada e você* na semana de exames finais no segundo ano!)

Macey colocou de lado o *Crônicas da guerra química* que estava em seu colo.

— Talvez não esteja *na* biblioteca — disse Macey, e realmente pensei que Liz ia ficar sem ar ou coisa do gênero. E teria ficado, se Macey não tivesse cruzado as pernas e dito:

— Então, o que isso *significa*?

Ai, meu Deus! Não acredito que a gente não tenha feito essa pergunta antes — de alguma maneira, tínhamos nos esquecido de uma das regras básicas de operações secretas: *tudo* tem um *significado*! Não ter achado algo de significativo talvez fosse a coisa mais significativa de todas.

— Sabem o quão recente uma coisa deve ser para não estar nestes livros? — perguntou Liz recuando, parecendo ligeiramente aterrorizada e um pouquinho tonta. Olhou para os volumes sobre a mesa como se fossem explodir a qualquer momento (o que é uma bobagem, afinal todo mundo sabe que os livros confidenciais a ponto de explodir se forem lidos sem autorização estão guardados no Subsolo Três).

— Então *black thorn* deve ser... — começou Macey, olhando para mim.

— Confidencial — concluí. — Realmente confidencial.

Espiões guardam segredos — é o que fazemos. Portanto, ficamos em silêncio, enquanto o fogo estalava e a verdade caía sobre nós: se *Blackthorne* fosse tão confidencial assim, então eu tinha certeza de que nunca o descobriríamos.

— Sabe, Cam — disse Bex, dando um sorriso que, se considerado alarmante em uma garota comum, era definitivamente assustador em uma garota com os seus talentos especiais —, há *um único lugar* em que não procuramos. — Bateu um dedo no queixo, gesto que, até mesmo para ela, era especialmente dramático. — Então, vejamos. Quem nós conhecemos que tem acesso à sala da diretora?

— Não, Bex. — Sentei-me ereta e comecei a empilhar e reempilhar livros. — Não. Não. Não. Não posso espionar minha mãe!

— Por que não? — perguntou Bex como se eu tivesse acabado de dizer que não podia usar batom vermelho (o que, aliás, não posso).

— Porque... *ela é minha mãe* — respondi, sem tentar esconder o desdém em meu tom de voz. — E é uma das melhores agentes da CIA. E... ela é minha mãe!

— Exatamente! Ela nunca suspeitaria... — Bex fez uma pausa para causar impressão — de sua própria filha. — E então Bex, Liz e Macey olharam para mim como se esse fosse o melhor plano do mundo. Mas não era. De jeito nenhum. Quero dizer, sei um pouco sobre planos, tendo ajudado meu pai a projetar um cenário do tipo cavalo de troia para penetrar em um antigo silo de míssil nuclear soviético que tinha sido tomado por terroristas quando eu tinha 7 anos. E *esse* não era um bom plano!

— Bex! — gritei. — Não quero fazer isso. É...

Mas antes de poder terminar, a porta da biblioteca foi aberta e ouvi Macey dizer:

— Olá, Sra. Morgan.

Embora estivesse sentada, relativamente imóvel há 45 minutos, meu coração disparou como se eu tivesse corrido um quilômetro. Mamãe olhou para a tradução portuguesa de *101 disfarces clássicos e os espiões que os usaram,* e disse:

— O que estão fazendo na biblioteca em um dia de sol como este?

— Crédito extra para PdM — replicamos nós quatro, com a história que havíamos combinado antes de sairmos do quarto.

Mas mesmo assim meus batimentos não desaceleraram. Fiquei ali sentada, tentando lembrar que não havíamos desrespeitado nenhuma norma. Não tínhamos contado nenhuma mentira. (O Sr. Smith realmente havia passado trabalho extra.) Tecnicamente, eu não tinha quebrado minha promessa. Ainda.

— Está bem — disse minha mãe, sorrindo. — Vejo você à noite, Cam.

Senti os olhos de Bex em mim e sabia no que ela estava pensando — que eu passaria a noite com minha mãe. Em sua sala. Que tipo de agente eu seria, se não me aproveitasse da situação?

Mas então pensei em minha mãe e me perguntei que tipo de filha eu seria, se fizesse aquilo.

Coisas que fiz
de que não estou exatamente orgulhosa:
Lista de Cameron Morgan

- Uma vez, derramei sem querer todo o condicionador de Bex, e o substituí por condicionador para dar volume, e o cabelo dela ficou realmente cheio por semanas, mas nunca lhe contei por quê.

- Uma vez usei as calças de ioga preferidas de Liz sem pedir e as estiquei demais. Fiz o mesmo com sua suéter favorita.

- Sempre que vou a Nebraska, finjo não ter força suficiente para abrir os vidros de picles, porque vovô Morgan gosta de fazer isso para mim.

- Como já relatei exaustivamente em algum lugar, tive uma relação clandestina com um garoto que era realmente uma graça, e depois menti sobre isso. Bastante.

- No primeiro domingo depois das férias de inverno, no segundo ano, ajudei Liz a implantar uma câmera no relógio que a vovó me deu no meu aniversário. E o usei no jantar de domingo à noite na sala de minha mãe, para poder fazer a pior coisa que já fiz. Em toda a minha vida.

Quando se é filha de agentes secretos, aprende-se bem cedo que espiões andam em uma corda bamba moral. Cometemos más ações por bons motivos, e quase sempre conseguimos conviver com isso. Mas, naquela noite de domingo, quando me sentei na sala de minha mãe, comendo bolinho de caranguejo de micro-ondas e manuseando meu novo relógio de espiã, feito por encomenda, pensei em meu disfarce: filha faminta com sua mãe e mentora. Depois pensei em minha missão: faça um reconhecimento básico da sala da diretora e torça para ter um relatório intitulado *Operação Black Thorn* ou *Conteúdo da Ala Leste* jogado por lá.

A ceia da noite de domingo na sala de minha mãe é algo que eu e ela fazemos desde que viemos para a Academia Gallagher. No entanto, geralmente só sinto náuseas depois de ter comido (porque embora minha mãe já tenha produzido um antídoto para um veneno raro, usando o que havia no minibar de um hotel, ela ainda não havia dominado o micro-ondas, nem pratos quentes).

— Então — disse mamãe, apontando a pequena bandeja de prata com bolinhos de caranguejo —, como estão?

(Anotação para mim mesma: pesquisar o potencial como arma biológica dos bolinhos de caranguejo de micro-ondas.)

— Estão ótimos! — menti, e minha mãe sorriu. Não, esqueça o que eu disse: ela ficou radiante. E, nesse momento, pensei seriamente em voltar atrás, pôr o relógio no bolso e me esquecer de que já havia memorizado a posição exata de cada coisa sobre a sua mesa, para o caso de ter uma chance de mexer e depois pôr tudo de novo no lugar. Quis parar de ser espiã e começar a ser simplesmente filha. Especialmente quando mamãe olhou de relance para o meu pulso e disse:

— Está usando o relógio da sua avó.

Esfreguei o polegar sobre o vidro liso do mostrador que agora também era uma lente de telefoto.

— Sim.

— Que bom — disse, sorrindo feliz. Apesar de ela parecer bem, pensei na mulher preocupada com quem voltei de Washington, D.C., em uma limusine, e na conversa que escutei por acaso. Eu não era a única agente naquela sala que tinha uma missão a cumprir.

E então, antes que eu pudesse pensar duas vezes, deixei escapar:

— Tem algum alicate de unhas?

Mamãe olhou para mim por um segundo, e percebi que não dava mais para voltar atrás, de modo que estendi a mão direita —, que graças a Deus não estava tremendo.

— Tem uma pelinha solta que está me deixando louca.

— Claro, querida — replicou mamãe. — Na minha mesa. Na gaveta de cima.

Como vê, não precisei violar nenhum cadeado nem camuflar minhas impressões digitais. Era um dos meus direitos de filha ir até a mesa de minha mãe e vasculhá-la atrás de um alicate de unhas.

Uma breve busca na mesa da diretora revelou o seguinte:

A Diretora Morgan tinha dez batons diferentes em sua mesa (somente três eram de uso puramente estético).

Mamãe levou uma pequena panela para seu banheiro particular e abriu a torneira, e foi quando eu tirei fotos de cada coisinha na sua cesta de lixo.

A Diretora Morgan estava, evidentemente, lutando contra um resfriado, pois seu lixo continha 14 lenços de papel usados e um frasco vazio de Vitamina C.

Derrubei um porta-clipes que estava sobre sua mesa e me lembrei de Liz ao emitir um alto "upalalá!" Depois me agachei para catar os clipes com uma mão e remexer na sua gaveta de baixo com a outra.

De todos os itens pelos quais a Academia Gallagher recebe royalties, *band-aids* são surpreendentemente os mais lucrativos.

Podia ouvir minha mãe no outro lado da sala, mexendo e revirando coisas.
— Encontrou? — perguntou ela.
Ergui o alicate de unhas com uma das mãos, enquanto fechava a gaveta de baixo com a outra.
Sorri e acenei com meus dedos com unhas feitas e pensei: sou uma filha horrível.

Mas a minha mãe apenas sorriu de volta, talvez porque eu também seja uma ótima espiã.

Ironicamente, a única pessoa que podia me explicar a diferença era a única a quem eu não podia perguntar.

Coloquei o alicate de volta no lugar e examinei a mesa que até mesmo um especialista juraria que não havia sido tocada. Coloquei as palmas das mãos na gaveta do meio e senti a ponta dos dedos roçarem a madeira lisa do lado de baixo, a corrediça de metal por onde ela corria. Mas também senti outra coisa. Algo fino e gasto.

— Sei que este semestre será uma grande mudança para você, filha — disse minha mãe. Ela mexia algo que fervia na panela elétrica, enquanto eu pressionava um dedo no papel. Senti-o mover.

— E no semestre passado... bem, só posso imaginar como deve ter sido... os relatórios, os interrogatórios.

Provavelmente eu não tinha encontrado nada importante; afinal, o fundo de uma gaveta não é o esconderijo ideal de um espião — nada ali fica seguro ou protegido. Mas é um bom esconderijo para uma mulher — um lugar para guardar algo que se quer perto, mas fora de vista.

— E quero que saiba — prosseguiu minha mãe — que estou muito orgulhosa de você.

Sim, exatamente isso, não só eu estava invadindo o espaço pessoal de minha mãe bem debaixo do seu nariz, como foi o momento que ela escolheu para dizer como se orgulhava de meu novo e melhor comportamento! Não havia dúvida: eu era uma pessoa horrível.

Então senti o papel ceder. Flutuou e aterrissou bem no meu colo. E, a partir daí, mal escutei uma palavra do que minha mãe estava dizendo.

Papai. Era uma foto do papai — mas não como nos retratos que eu já tinha visto, porque, para início de conversa, ele parecia mais velho do que nos retratos que minha avó tinha me dado, e mais jovem do que nos retratos dele com mamãe. E, nessa foto, meu pai não estava sozinho.

O Sr. Solomon estava abraçando o meu pai, ambos fitando a câmera. Os dois estavam em um campo de beisebol. Eram jovens e fortes. E, se eu não soubesse do que aconteceu, juraria que os dois eram imortais.

Mas sabia. E esse, acho, foi o problema.

— Achou o que precisava, querida? — perguntou mamãe, e achei que era uma boa pergunta, na verdade. Focalizei o retrato com meu relógio, imaginei um clique sutil quando tirei a foto. — Cam — repetiu mamãe, vindo na minha direção.

— Não estou me sentindo muito bem — falei, e recoloquei a foto furtivamente no local em que minha mãe a escondia. De mim. De si mesma. De quem quer que fosse. Afastei-me da mesa e me dirigi à porta. — Podemos remarcar o jantar?

— Cam — disse mamãe, me detendo. Ela pôs a mão em minha testa, como vovó Morgan sempre faz. — Pode ser um resfriado... tem uma epidemia, sabe. — Eu sabia. Tinha visto a prova em seu lixo.

— Acho que só preciso ir para a cama — falei. — Está tarde.

Abri a porta e lá, no Hall de História, vi Bex.

E Liz estava sentada em seus ombros.

Capítulo Cinco

O tempo é uma coisa estranha na Academia Gallagher. Geralmente voa. Mas às vezes passa muito, muito devagar. Não é preciso dizer que esse foi um *daqueles* tempos.

As Agentes modificaram um Aparelho Móvel de Observação (também conhecido como a nova câmera digital da Macey) e o prenderam na estante no lado oposto da entrada da sala da diretora com uma Unidade Adesiva Retrátil (também conhecida como fita isolante) e o programaram para tirar fotos a intervalos de 90 segundos.

No fim do corredor, vi Macey ajoelhada diante da porta misteriosamente trancada da Ala Leste.

As Agentes prenderam um Dispositivo de Detecção de Entrada/Saída (também conhecido como pedaço de cordão) na maçaneta em questão, sabendo que cairia se a porta fosse aberta na ausência das Agentes.

Por uma fração de segundo, tudo pareceu congelado, mas então ouvi minha mãe dizer:

— O que foi, Cam? — Ela veio na minha direção.

— Nada. — Fechei a porta e me recostei nela. — É só que... — *É só que minhas amigas são completamente loucas e estão do outro lado desta porta neste exato momento, fazendo coisas que não deveriam estar fazendo, e se você pegá-las em flagrante, ficará furiosa (ou orgulhosa... mas provavelmente furiosa).*

— É só... O que eu queria dizer pra você é que acho que vou me dar bem neste semestre. — (Porque tecnicamente, nesse momento, o melhor a fazer era ficar entre a diretora da escola e minhas colegas de quarto.) — E estava pensando sobre o que você disse... — prossegui. — Vou me empenhar...

Mas então uma batida na porta me interrompeu, e tive o mau pressentimento de que Liz tinha caído dos ombros de Bex e ficado inconsciente ao bater com a cabeça na maçaneta.

— Cam — disse minha mãe, chegando mais perto. — Vai atender?

Mas não me atrevi a me virar.

— Atender o quê? — Outra batida. — *Aaah, istoooo.*

Abri a porta. Por favor, que seja Bex, rezei. Ou Liz... Ou Macey... Ou...

Qualquer um menos Joe Solomon!

Ai, meu Deus! Será que a noite poderia ficar pior? Aparentemente, sim. Porque não apenas um dos melhores agentes secretos da CIA estava parado diante de mim, como minhas melhores amigas no mundo estavam a seis metros dele, em missão secreta! (Sei porque vi a mão de Macey segurando um estojo de base, para ver se a barra estava limpa. O que obviamente não estava!

Tinha que ganhar algum tempo — um minuto, 30 segundos, no mínimo — de modo que Bex, Liz e Macey pudessem sair de seus esconderijos e dar o fora dali.

— Ah, olá, Sr. Solomon — falei, pois Madame Dabney me treinou para ser cortês socialmente, e o próprio Sr. Solomon me treinou para agir normalmente mesmo nas circunstâncias mais anormais.

— Sra. Morgan, odeio ter de incomodá-la, mas... — O Sr. Solomon passou direto por mim, se dirigindo à minha mãe. — Os registros que pediu, Rachel. — Entregou à mamãe um envelope em papel pardo.

Um envelope com a palavra *Blackthorne*, escrita com a letra do Sr. Solomon.

E então o tempo voltou a ficar bem devagar.

— Cam? — disse mamãe atrás de mim. — Você não está mesmo se sentindo bem, não é, querida?

— Não — murmurei. Estava diante da primeira prova concreta de que *Blackthorne* não havia sido um sonho esquisito, e no entanto continuei parada ali, olhando para o meu professor de Operações Secretas, mas vendo o homem do retrato, o amigo do meu pai.

— Ok, então já vou — falei, olhando de relance para minha mãe. — Vocês provavelmente têm... coisas... a fazer. E...

Poderia ter dito uma dúzia de palavras em uma dúzia de idiomas, mas antes que pudesse falar qualquer coisa, ouvi uma voz no fim do Hall de História gritar:

— Aí está você!

E então o que eu mais temia aconteceu: o Sr. Solomon se virou.

Mas há uma diferença entre ser descoberto e se *deixar* ser descoberto e, naquele instante, Macey, Bex e Liz estavam descendo o corredor, se escondendo ao se tornarem visíveis.

— Não podemos fazer o filme esperar para sempre, Cam — disse Bex.

De modo que dei as costas para a minha mãe e o Sr. Solomon e, com ou sem envelope, fui embora.

Sabe quantas coisas eu estava sentindo quando chegamos ao quarto? Muitas. Muitas. Para começar, havia o bolinho de caranguejo. Depois, o lance do envelope. Mas assim que fechamos a nossa porta e ligamos o som, virei para as minhas melhores amigas e gritei:

— Vocês plantaram um equipamento de vigilância no Hall de História quando minha mãe estava no escritório! — Porque acho que essa era a coisa que mais me irritava no momento.

— Ah, Cam — replicou Bex, encolhendo os ombros ligeiramente. — Foi apenas uma pequena operação de reconhecimento.

Lá no fundo, tudo o que eu realmente queria era vestir meu pijama mais confortável, ir para a cama, e escovar os dentes para tirar o gosto do caranguejo da boca (mas não necessariamente nessa ordem). Mas em vez disso, eu surtei:

— Bom, vocês quase foram descobertas, quase fizeram com que *eu* fosse descoberta. E ser interrogada pelo departamento de segurança não é tão divertido quanto parece, garotas. — Forcei uma risada. — Podem acreditar.

Falei em um tom meio arrogante, mas Bex não respondeu. Nem mesmo se irritou. Em vez disso, me olhou como somente uma melhor amiga-espiã-treinada-para-ler-a-linguagem-corporal poderia fazer. Foi até a cama e cruzou suas pernas compridas.

— Você descobriu alguma coisa.

Eu poderia ter negado. Poderia ter mentido. Mas, naquele instante, eu estava no único cômodo da mansão onde nunca conseguiria me tornar invisível.

— Na verdade, descobri. — Contei o que tinha encontrado na mesa da minha mãe. Listei o que havia no lixo, até mesmo os tons de batom. E, finalmente, contei-lhes do envelope.

— Temos que roubá-lo! — exclamou Bex, parecendo tão empolgada quanto uma criança na noite de Natal. — Podemos esperar até todos irem para cama e, então, entramos na sala.

— Não é uma boa ideia, Bex — falei enquanto vestia o pijama, tirava meu relógio, e prendia o cabelo com um velho elástico.

— Pense bem, Cam — pediu Bex, enquanto Macey e Liz olhavam. — Se alguém pode entrar na sala da diretora, esse alguém é você!

— Não! — respondi bruscamente, talvez por saber que era melhor não deixar Bex se empolgar, talvez por ainda estar irritada. Mas talvez porque às vezes uma garota simplesmente precisa dar uma resposta atravessada a alguém que ela sabe que a perdoará depois.

Fiz menção de ir ao banheiro, mas Bex veio logo atrás de mim.

— Por que não?

— Porque não é um jogo — repliquei, falando mais alto do que queria, e de alguma maneira, não conseguindo baixar a voz. — Porque às vezes, espiões são pegos. Porque às vezes, espiões se machucam. Porque às vezes...

— Temos fotos! — gritou Liz em triunfo. Fios finos se estendiam do meu relógio novo até o seu computador. Imagens reluziram na tela. Bolinhos de caranguejo. Arquivos. E finalmente...

Papai.

Porque às vezes espiões não voltam para casa.

A foto que eu tirei ocupou a tela. Meu jeans formava uma moldura, um fundo para o retrato que eu colocara no colo. Liz deu zoom. Ampliou o retrato.

— Uau — exclamou Macey. — Quem é o gato?

— É o Sr. Solomon, Macey — respondi, indo para o banheiro porque, bem, eu não queria chorar na frente das minhas amigas. E uma das vantagens do processo de lavar o rosto é que se tem uma desculpa para apertar os olhos e desviar o olhar.

— Não falo do Sr. Solomon — disse Macey. — O outro cara. É Blackthorne?

— Não, Macey — respondeu Bex, poupando-me o trabalho. Relanceei os olhos para o espelho do banheiro e vi Bex se virando para me olhar. — É o pai de Cam.

Estudamos um monte de coisas perigosas na Academia Gallagher, mas algumas são tão assustadoras que nunca são mencionadas. Todo mundo sabe que meu pai era da CIA. Que ele partiu para uma missão e nunca retornou. Agora, há uma sepultura vazia no jazigo da família, em Nebraska. Todo mundo sabe, mas ninguém nunca pede para ouvir a história. E nessa noite, com Macey, não foi diferente.

Joguei água fria no rosto e usei o fio dental, me prendendo à rotina — ao normal. Teria ficado ali para sempre, passando o fio dental, se não ouvisse Liz dizer: "Ai, meu Deus."

No espelho, eu a vi olhando espantada para a foto na tela, com os olhos de uma cientista, percebendo cada detalhe dos rostos dos dois rapazes.

— Cam — chamou Liz, sem tirar os olhos da tela. — Você precisa ver isto!

Larguei o fio dental e molhei o rosto — qualquer coisa para me manter ocupada.

— Já vi — respondi.

— Não, Cam — disse Liz, apontando a tela brilhante no quarto mal iluminado. — Veja! Veja a camiseta do Sr. Solomon!

Mas ela não precisou terminar, porque ali, ampliado, realçado, vi o que não havia notado na sala da minha mãe. Li as palavras INSTITUTO BLACKTHORNE PARA GAROTOS.

— É uma escola — disse Macey devagar.

— Uma *escola para garotos*! — gritou Liz.

Olhei para o retrato e disse o que todo mundo estava pensando:

— Para... espiões?

Capítulo Seis

Sempre ouvi dizer que o mais difícil para um espião não é saber das coisas — é agir como se *não* soubesse das coisas que deveria desconhecer. Mas eu nunca tinha realmente compreendido a diferença até aquele momento. Olhar para o Sr. Solomon foi difícil, falar com minha mãe foi impossível, e o dia seguinte pareceu um sonho. Um pesadelo muito estranho do tipo há-uma-escola-de-espiões-para-garotos-que-ninguém-nunca-mencionou.

Blackthorne era uma escola! Que o Sr. Solomon tinha frequentado! Uma escola onde eram feitos mais Srs. Solomons! Foi oficialmente o dia mais estranho de toda a minha vida secreta. (E isso inclui aquela vez em que o laboratório do Dr. Fibs ficou temporariamente sem gravidade.)

Disse a mim mesma que talvez fosse uma simples coincidência o fato de Tina Walters jurar há anos que existia uma escola para garotos em Maine. Afinal, Tina também jurava que Gillian Gallagher era descendente direta de Joana d'Arc. Tina jurava um monte de coisas. Tina está, geralmente, enganada.

Mas quando a professora Buckingham foi para o tablado e anunciou: "Hoje vamos rever as origens dos serviços clandestinos, começando com a Teoria Montvelliana do Desenvolvimento de Agentes", percebi que não iria despertar tão cedo daquele pesadelo.

Adoro a professora Buckingham. Ela é legal, forte e um exemplo admirável, mas sua didática seria, provavelmente, melhor descrita como... bem... chata.

— Desde a sua publicação há mais de dois mil anos, *A arte da guerra* tem sido a referência em tempos de guerra e traição... — ela leu de suas anotações enquanto a luz do sol quente atravessava as janelas e o almoço começou a pesar no meu estômago. Sua voz era calmante como o ruído da TV, e minhas pálpebras pareciam pesar uma tonelada, já que, por razões óbvias, não havíamos dormido muito na noite anterior.

(Já mencionei que tínhamos uma evidência de que existiria uma escola de garotos?!)

Mas a professora Buckingham estava nos informando sobre nossos irmãos em potencial, perdidos há muito tempo? Não. Ela estava falando sobre o Conselho de Agentes Secretos de 1947, o que, posso afirmar, não é interessante como parece.

Então Buckingham parou de falar. O silêncio repentino me despertou quando a professora olhou por cima de seus óculos de leitura.

— Sim, Srta. McHenry?

E então, talvez pela primeira vez nesse semestre, Patrícia Buckingham teve toda a nossa atenção.

— Com licença, professora — disse Macey. — Eu só estava me perguntando... e peço desculpas se o resto da turma já sabe disso... Ainda sou meio novata, como sabem.

— Tudo bem, Srta. McHenry — disse Buckingham. — Qual é a sua pergunta?

— Bem, eu estava apenas me perguntando se existiriam outras escolas. — Macey fez uma pausa. Pareceu examinar a nossa professora por um momento, antes de acrescentar: — *Como a Academia Gallagher.*

Liz quase caiu da cadeira. Os olhos de Tina se arregalaram, e tenho certeza de que a turma inteira parou de respirar.

— Quero dizer — prosseguiu Macey —, esta é a única escola desse tipo ou existem...

— Existe somente *uma* Academia Gallagher para Garotas Superdotadas, Srta. McHenry — replicou Buckingham, esticando a coluna, orgulhosa. — É a melhor instituição desse tipo no mundo.

Buckingham sorriu e retornou às suas anotações, sem esperar a réplica de Macey.

— Então *há* outras instituições?

Buckingham deu um suspiro, e uma expressão quase de dor tomou seu rosto enquanto escolhia cuidadosamente as palavras.

— Durante a Guerra Fria, o conceito de recrutamento e treinamento de agentes jovens não era incomum. E pode ter havido instituições formadas com esse propósito. — Então, ela endireitou seus óculos e olhou em volta da sala como se querendo ver exatamente o quanto a havíamos forçado a sair do assunto. — Por razões óbvias, é impossível determinar se alguma dessas escolas existem hoje. Se é que já existiram, é claro.

— Então *haveria* outras escolas? — exclamou Tina.
— *Haveria* e *há*, Srta. Walters — disse Buckingham, sua voz dura como aço —, são duas coisas muito diferentes. — Deu-nos um sorriso amarelo que indicava que a parte de perguntas e respostas do programa tinha oficialmente acabado.

Buckingham voltou às suas anotações.

— Essa teoria ficou em voga até 1953, quando um grupo de agentes aposentados... — A atenção de Eva e Tina voltou a dispersar-se janela afora. Mas minhas companheiras de quarto e eu permanecemos alertas.

Existiam outras escolas.

O que não significava que existia alguma agora.

Pensei na maneira como o Sr. Solomon e meu pai estavam sorrindo no retrato. Não havia data nem lugar. Era quase como se fosse falso — parte de alguma lenda que a CIA tivesse forjado em um laboratório, um nome falso do meu pai que eu desconhecia.

E então, alguém bateu na porta.

— Sim? — disse Buckingham, tirando os óculos.

A porta se abriu. Todas as cabeças na sala se viraram, e o Sr. Solomon disse:

— Teste surpresa.

Eu não tinha dormido muito bem. Também não tinha comido. Era possivelmente a pior hora para uma tarefa de Operações Secretas, e ainda assim, três minutos depois, enquanto eu abotoava meu casaco e descia a escadaria com toda a turma de OpSec, parei de pensar no retrato e no arquivo. Parei de pensar. E às vezes, até mesmo na Academia Gallagher, isso pode ser uma coisa boa.

O vento frio soprou nos nossos rostos ao passarmos depressa pelas portas da frente. Uma van familiar estava parada na entrada de carros, de modo que seguimos na sua direção, até o Sr. Solomon gritar:

— Esta não é a nossa condução, senhoritas. — E oito agentes altamente treinadas pararam derrapando.

Olhei para a direita, esperando outra van aparecer, mas tudo o que vi foram as alunas do oitavo ano a caminho da aula de Proteção e Cumprimento da Lei (P&CL), os rabos de cavalo balançando enquanto corriam. Olhei para a esquerda e só vi neve no amplo campo aberto entre a mansão e a floresta.

— Então como vamos... — comecei, mas minha voz sumiu. O sol luminoso batia em montes lamacentos de neve semiderretida. Estreitei os olhos e pisquei, para me certificar de que minha vista não estava me pregando uma peça, pois podia jurar que a forma do solo estava mudando.

Olhei de relance para o professor e percebi um leve sorriso em seus lábios quando, atrás dele, um grande buraco se abriu no meio do campo. Duas hélices de um helicóptero emergiram do buraco imenso e a neve úmida rodopiou pelo solo congelado quando começaram a girar. O Sr. Solomon apontou por cima do ombro e disse:

— *Esta* é a nossa condução.

Capítulo Sete

Quando eu tinha 5 anos, mamãe me levou à Academia Gallagher pela primeira vez. Achei que parecia o maior edifício do mundo; mas hoje, olhando pelas janelas do helicóptero, a mansão foi ficando cada vez menor, até parecer estar dentro de um globo de neve em que alguém tivesse dado uma boa sacudida.

Sobrevoamos a floresta a uma altitude tão baixa que tive a impressão de que poderia tocar nas copas das árvores. Pensei em como minha escola tinha me ensinado química e biologia e até mesmo a ter uma grande admiração pela caligrafia. Mas helicópteros eram um território completamente novo! Haveria saltos? Ou rapel? (Ei — esqueceram que estamos de saia?)

Não sei se foi a turbulência, os nervos, ou a visão das vendas nas mãos do Sr. Solomon, mas senti um leve aperto no estômago.

— Receio que este não seja um passeio turístico, senhoritas — disse o Sr. Solomon, enquanto nos vendava. — Se eu fosse vocês, relaxaria um pouco. Vamos voar por um tempo.

* * *

O "tempo" acabou sendo exatamente 47 minutos e 42 segundos; o tempo transcorrido até eu sentir a descida rápida do helicóptero. Durante esse tempo, os únicos sons durante a viagem misteriosa tinham sido o Sr. Solomon advertindo, "Nada de espiar, Srta. Walters" duas vezes, e o ronco de Bex. (Ela consegue dormir em qualquer lugar!)

Eu não fazia ideia da velocidade nem do rumo do helicóptero. Tudo o que sabia é que tínhamos ficado no ar por quase 48 minutos, e que realmente eu precisava ir ao banheiro.

Aterrissamos. Ouvi as portas do helicóptero se abrirem, depois alguém me guiou pela pista e para uma van que nos aguardava. Logo seguimos viagem, com destino desconhecido.

Senti o perfume de Bex do meu lado e veio um certo conforto com o cheiro familiar.

— Retirem as vendas — disse o Sr. Solomon. Puxei a venda e estreitei os olhos, tentando me adaptar à luz, à situação, e, sobretudo, à visão de sete Garotas Gallagher descabeladas. A estática ocupou a van. A longa cabeleira de Eva estava praticamente em pé. Mas fiquei fascinada mesmo pelo equipamento de ponta que se alinhava nas paredes sem janelas. Engenhocas duas gerações melhores do que qualquer outra coisa que já tínhamos visto estavam ao alcance de nossas mãos. Não precisei ouvir Joe Solomon dizer "Hoje, estamos jogando com profissionais, senhoritas", para saber que era verdade.

O Sr. Solomon virou-se para Courtney.

— Contravigilância tem duas funções, Srta. Bauer. Quais são?

— Detectar e evitar procedimentos de vigilância? — respondeu Courtney, sua resposta parecendo mais uma pergunta do que uma citação direta da página 29 do *Guia de Operações Secretas para Contramedidas de Vigilância*.

— Certo — disse o Sr. Solomon. Não sorriu. Não disse muito bem. Mas olhou para as telas nas paredes da van, os fios elétricos e teclados que estavam cuidadosamente fixados no lugar. — O mundo é grande, senhoritas, mas isso não quer dizer que seja mais fácil se esconder. Se querem permanecer neste curso, é melhor se prepararem para olhar por cima do ombro pelo resto das suas vidas.

— A contravigilância não é algo que se aprende nos livros: não se trata de teoria — prosseguiu o Sr. Solomon. — Trata-se de uma sensação esquisita na nuca, da vozinha em sua cabeça dizendo que algo não está certo. — A van parou.

— No semestre passado, algumas de vocês — disse, olhando diretamente para mim — provaram ser muito boas em não serem vistas quando não queriam. Bem, hoje passarão de *perseguidoras* a *perseguidas*. E senhoritas... — O Sr. Solomon fez uma pausa. Minhas colegas de turma estavam tão paradas e silenciosas que quase ouvi seus corações martelando. — ...isso é bem mais difícil.

Pensei na nossa primeira missão no semestre passado, em como o Sr. Smith tinha usado cada medida de contravigilância conhecida simplesmente para usufruir de uma noite na cidade de Roseville. Já tinha sido exaustivo apenas vigiá-lo, e assim percebi que o Sr. Solomon tinha razão. Os caras maus podiam ser qualquer um, podiam estar em qualquer lugar, e as probabilidades sempre estariam a seu favor.

— Dividam-se em quatro duplas, e não se esqueçam: não sei exatamente quantos agentes estão lá fora esperando, senhoritas, mas, se eles forem bons, e devem supor que sejam, e se estiverem em grande número, então será necessária cada artimanha que conhecem e toda a sorte que puderem ter para identificá-los, despistá-los, e estarem de volta antes das 17 horas. — Tirou um envelope do bolso do casaco e o pôs nas mãos de Tina. Seguiu calmamente para as portas de trás da van.

— Ah, senhoritas, a vigilância pode ajudá-las a fazer o trabalho, mas a contravigilância as manterá vivas. Se essa operação for difícil — Sr. Solomon foi baixando a voz, e por um segundo ele deixou de ser simplesmente um professor, e passou a ser o amigo do meu pai — é porque tem de ser assim.

As portas se abriram, o sol intenso iluminou o interior da van, e, quando ouvimos de novo o rangido do metal das portas pesadas, Joe Solomon já tinha desaparecido.

Poderíamos muito bem ter voado mais de 300Km ou sobrevoado em círculos e agora estar na entrada de carros da escola, a menos de 10 metros do lugar onde tudo começara. Tudo era possível, mas uma coisa era certa: o teste não valia nota — na verdade, nada na Academia Gallagher valia.

— Abra, Cammie — disse Bex. Fui devagar até as portas de trás e as entreabri.

Um feixe de luz intensa penetrou na van escura quando espiei lá fora, enquanto deixava minha vista se adaptar ao cenário.

— É um gramado.

— Legal — disse Bex, escorregando para perto de mim. Abri mais a porta.

— Não é um gramado qualquer.

Capítulo Oito

Nos arrastamos, uma por uma, para fora da van, e ficamos por um longo tempo olhando o parque localizado entre o Monumento Washington e o Capitólio dos Estados Unidos, o coração de Washington, D.C. Muita gente acha que o Instituto Smithonian é um museu, mas na verdade, é uma porção de museus diferentes, e naquele momento estávamos no centro deles. Poderíamos ter ido ver de tudo, desde a Constituição dos EUA à jaqueta de couro de Fonzie, mas de alguma maneira percebi que, de todos os grupos de colegiais que fazem excursões todo ano ao parque nacional do centro de Washington, o nosso era o mais diferente.

Um homem de preto se alongava em um banco antes de correr. Uma longa fila de mulheres usando suéteres iguais que diziam "As moças de Louisville vão a D.C." conversavam alegremente em frente a uma estação de metrô. Não pude deixar de pensar: "É, o Sr. Solomon é *bom* no que faz."

Afinal, ele vem nos dizendo há semanas que vigilância é como se jogar em casa, ou seja, quanto mais restrito é o acesso ao local, mais fácil é ver quem é de fora; mas Joe

Solomon tinha nos levado a um lugar visitado por turistas de todas as partes do mundo, um lugar com pessoas de todos os tipos, de pedintes a políticos (a propósito, Macey jura que não há muita diferença entre eles). E antes que eu pudesse perceber, Kim estava dizendo exatamente o que eu estava pensando.

— Estamos sendo observadas...

— ... por amigos do Sr. Solomon — acrescentou Mick Morrison, estalando as juntas dos dedos.

— E eles podem ser... — começou Anna, mas sua voz falhou e ela se retraiu.

— ... *qualquer um!* — concluiu Bex, tão animada quanto Anna parecia aterrorizada.

Ao meu lado, Tina abria o envelope que o Sr. Solomon tinha lhe dado.

— O quê? — perguntou Bex. — O que diz?

Tina mostrou um folder do Museu Nacional de História Americana e apontou para a imagem de um par minúsculo de sapatos vermelhos. Havia uma mensagem rabiscada nela:

Não há lugar melhor do que nossa casa.
17h

Bem, meu lado menininha tinha visto *O mágico de Oz* aproximadamente um bilhão de vezes, então eu sabia muito bem que os sapatos de rubi de Dorothy deveriam estar no outro lado do gramado com o resto dos nossos tesouros nacionais.

Mas meu lado espiã sabia que chegar lá sem ser pega até 17 horas seria muito mais difícil do que bater os calcanhares e desejar ir para casa.

* * *

— *E...* deem a volta — disse Bex uma hora depois.

Paramos na frente do museu, demos meia-volta e começamos a retornar na direção oposta. O cara de boné vermelho de beisebol, que nos seguia desde que passamos pela National Gallery of Art, continuou andando, como se não se importasse com que duas garotas na sua frente tivessem acabado de mudar radicalmente de direção. E talvez não se importasse mesmo. Afinal, talvez outro membro da sua equipe já o tivesse substituído. Não havia como sabermos. Portanto, continuamos a andar.

— Pode ser que estejamos livres — disse Bex, parecendo apreensiva. — Talvez não haja ninguém nos vigiando.

— Ou talvez haja uma equipe de vinte astros da CIA aqui, e simplesmente não sejamos boas o bastante para identificá-los.

— Sim — falou Bex. — Pode ser também.

Adoro ser uma artista de calçada; falo sério, adoro. É como quando garotos que odeiam ser anormalmente altos descobrem o basquete ou quando garotas com dedos anormalmente longos sentam-se ao piano. Misturar-se na multidão, ser invisível, ser uma sombra sob o sol, é nisso que sou boa. *Ver* as sombras, pelo que parece, não é o meu dom natural.

— Não consigo acreditar que não vi ninguém! — falei, frustrada.

— Pense pelo lado bom, Cam. — Bex abriu os braços, como uma garota que estivesse matando aula ou fugindo do grupo de um passeio da escola. Para as pessoas ao nosso redor, ela sem dúvida parecia bela e exótica, mas em hipótese nenhuma parecia uma agente altamente treinada que memorizava os rostos de cada pessoa se os observasse por mais de alguns segundos, a cem passos de distância. — Poderíamos estar na aula de Línguas Antigas nesse momento — continuou, o que foi um ótimo argumento. — Poderíamos estar trancadas no porão com o Dr. Fibs. — O que foi um *ótimo* argumento. (Desde o incidente com os óculos de proteção de raios X, a dificuldade do nosso professor de química em perceber profundidade o tornara ainda *mais* sujeito a acidentes.) — E aqui, a vista é infinitamente melhor.

Gostaria de dizer que ela estava se referindo ao Washington Monument ou ao Capitólio, ou a qualquer ponto turístico de Washington, D.C. Mas conheço minha amiga o bastante para saber que ela estava na verdade se referindo a dois garotos sentados em um banco do parque, a 10 metros de distância, olhando fixamente para ela.

— Ai — disse Bex, pondo um braço em volta dos meus ombros. — *Eu quero.*

— Não são cachorrinhos.

— Vamos. — Ela segurou minha mão. — Vamos falar com eles. São tão fofos!

E... está bem... admito: *eram* realmente bonitinhos. Mas essa não era hora para encorajá-la.

— Bex, estamos em uma missão.

— Sim, mas podemos realizar duas operações simultaneamente.

— Não, Bex. Falar com garotos civis durante um exercício de Operações Secretas é uma péssima ideia. Acredite. — Forcei um sorriso e falei, cheia de ironia: — *É tudo muito divertido até alguém apagar a memória deles.*

— Uau — exclamou Bex, piscando por causa da claridade. — Você realmente...

— O quê? — Nesse momento, eu sabia que havia no mínimo 19 câmeras de segurança acompanhando nossos movimentos. Eu sabia que o japonês atrás de nós estava perguntando à sua mulher se ela ainda queria a camiseta do Hard Rock Café. Eu sabia uma porção de coisas, mas não fazia a menor ideia do que minha melhor amiga queria dizer.

— Eu realmente o quê? — perguntei de novo.

Bex olhou para longe, depois para mim e, apesar de ser uma das pessoas mais corajosas que conheço, ela estava com medo de dizer:

— Você não esqueceu o Josh.

Josh. As aulas tinham recomeçado há mais de uma semana, e até agora ninguém tinha pronunciado o seu nome. E ouvi-lo, confesso que soava estranho.

— É claro que esqueci ele. — Encolhi os ombros e comecei a andar, estudando as pessoas por ali. — Fui *eu* que terminei com *ele*. Lembra? Não foi nada demais.

Bex me alcançou. Sua voz soou quase tímida quando disse:

— Não precisa fingir, Cam.

Mas é isso que espiões fazem — nós fingimos. Temos codinomes, disfarces e não medimos esforços para não sermos nós mesmos. Portanto repeti:

— É claro que esqueci ele. — E continuei a andar mantendo-me fiel ao meu disfarce até o fim.

Bex provavelmente teria discutido comigo; tenho certeza de que ela teria argumentado que Josh tinha sido o meu primeiro namorado, o meu primeiro beijo; que ele tinha me notado quando, para o resto do mundo, eu era invisível, e isso não é o tipo de coisa que uma garota — muito menos uma espiã — esquece depressa. Conhecendo bem Bex, sei que ela teria um monte de argumentos. Mas naquele exato momento, vinte passos à nossa frente, vimos uma mulher de tailleur bege sentada em um banco, falando ao celular. Não havia nada extraordinário nela — nem seu cabelo, nem seu rosto. Nada exceto o fato de que 50 minutos antes ela estava usando uma roupa de ginástica e empurrava um carrinho de bebê.

— Bex — falei o mais tranquilamente possível.
— Eu a vejo — replicou Bex.

Aqui está algo que se deve saber sobre detectar e despistar uma "sombra": para fazer isso direito, seria preciso cobrir metade da cidade. Subir e descer de táxis e vagões de trens, andar no sentido contrário de pelo menos uma dúzia de calçadas agitadas. Seria necessário um dia inteiro.

Mas o Sr. Solomon não tinha nos dado um dia inteiro, e essa era a questão. Portanto, Bex e eu passamos a hora seguinte entrando no museu por uma porta e saindo por outra, subindo escadas rolantes só para descer pelo elevador dois minutos depois. Fizemos paradas súbitas e nos olhamos em espelhos, amarramos os cadarços dos nossos tênis, mesmo que não estivessem desamarrados. (A certa altura, Bex quase me convenceu a pular pela janela do banheiro no Air and Space Museum, mas um guarda passou e decidimos não abusar da sorte.)

Os segundos passavam e o sol baixava, e logo a sombra do Washington Monument estendeu-se por quase toda a área do Mall. O tempo estava se esgotando.

— Tina — falei pelo meu comunicador —, como você e Anna estão? — Mas recebi um vazio silencioso em resposta. — Mick — falei. — Você está aí?

Bex e eu nos entreolhamos, preocupadas, pois as razões pelas quais agentes desligam seus comunicadores, no geral, não são nada boas.

Cortamos caminho pelo gramado, seguindo na direção norte, torcendo para que qualquer um que não estivesse nos seguindo intencionalmente continuasse em seu caminho.

— Quarenta e sete minutos — informei, como se Bex não soubesse muito bem disso.

Ela se virou para olhar de relance um homem andando rápido demais atrás de nós, e eu fiquei sem saber se consideraria um insulto ou um elogio uma equipe de profissionais da CIA não se importar mais em se tornar visível. Queriam simplesmente nos seguir.

Quando um bando de garotas tomou a calçada à nossa frente, e se pôs a descer a comprida e íngreme escada rolante que levava ao metrô, troquei um olhar com Bex.

— Vamos! — exclamou ela, e nos misturamos ao grupo de garotas. Elas usavam blusas brancas exatamente como as nossas, e os crachás que usavam tinham o logotipo de alguma coisa chamada Falsa Suprema Corte. Os uniformes eram quase idênticos aos nossos da cintura para cima, então Bex e eu tiramos o casaco enquanto descíamos para a estação cavernosa, que ecoava nossas vozes.

— Adorei sua pulseira! — falei para uma morena do meu lado. Afinal, enquanto a maioria das garotas fica desconfiada com estranhos oferecendo balas, a estratégia de estranhos elogiando seus acessórios ainda surte um efeito bastante eficaz.

— Obrigada! — respondeu a garota, que, segundo seu crachá, era Whitney, de Dallas. — Vocês estão com o grupo?

— Estamos — replicou Bex. Depois baixou os olhos para o peito. — Ai, meu Deus! Deixei meu crachá no escritório do senador. Nós os tiramos antes da foto — explicou.

— Verdade? — disse outra garota. — Que máximo! Quem é o seu senador?

E então Bex e eu falamos o primeiro nome que nos passou pela cabeça:

— McHenry.

Olhamos uma para a outra e sorrimos enquanto a escada rolante nos levava cada vez mais para o subterrâneo da cidade.

Uma das garotas, Kaitlin, com K, cochichou para outra, Caitlin, com C:

— Estão lá atrás?

C deu uma olhada para trás, na escada rolante, depois sorriu largo.

— *Continuam* nos seguindo!

Bex e eu talvez tivéssemos transmitido uma vibração de pânico nesse momento, pois K inclinou-se para explicar.

— Aqueles dois garotos não tiram os olhos da gente.

— Ah — disse Bex, e nós duas usamos isso como pretexto para olhar para trás. Sem a menor dúvida, o garoto de boné de beisebol vermelho estava lá (mas agora com o uniforme de tenente da Marinha). E, 3 metros à frente, estavam os garotos do banco.

As C(K)aitlins começaram a rir. Era engraçado. Era divertido. Garotos bonitos estavam atrás delas, e talvez achassem que estavam sendo discretos, mas tudo o que realmente importava era que, quando chegassem em casa, teriam uma história para contar. Uma história nada confidencial.

Quando a escada rolante adentrou o espaço cavernoso, um trem já estava na estação.

— Vamos correr e pegá-lo! — gritou Bex.

Assim, todas desceram correndo a escada e se precipitaram para o último vagão. As garotas se apinharam do lado de dentro quando as portas se fecharam, e o garoto com boné-de-beisebol-oficial-da-Marinha pulou para dentro também, conseguindo um lugar no penúltimo vagão quando o trem deu a partida e se distanciou da plataforma, onde Bex e eu, debaixo da escada rolante, esperávamos que nossas novas amigas e antiga sombra desaparecessem.

Observamos o homem se comprimir na vidraça, enquanto o trem ganhava velocidade no túnel.

Estávamos livres.

Tínhamos escapado.

Pelo menos foi o que pensamos.

Capítulo Nove

A confiança excessiva é o pior inimigo de um espião, então, por medida de segurança, Bex e eu decidimos nos separar ao sairmos da estação do metrô. Tínhamos exatos 20 minutos para chegarmos ao Museu Nacional de História Americana e ao nosso encontro com o Sr. Solomon. Mais 20 minutos para nos certificarmos de que *realmente* estávamos livres.

Segui furtivamente para a parte mais escura da estação do metrô e observei Bex subir a escada rolante. Esperei por tempo suficiente até ter certeza de que ela não estava sendo seguida. Então fui para o elevador, mas, quando estendi a mão para apertar o botão, outra pessoa chegou antes.

— Oi — disse um dos garotos do banco do parque. Ele fez aquele leve movimento com a cabeça que todos os garotos parecem fazer... ou pelo menos os garotos que eu conhecia, o que significa basicamente o Josh.

— Oi — repliquei, apertando o botão de novo, torcendo para que assim o elevador chegasse mais rápido. Afinal, da última vez que um garoto tinha dito "oi" para mim, as coisas tinham terminado mal; mal tipo Sr. Solomon quase sendo atropelado por uma empilhadeira. E nem preciso dizer que esse não é o tipo de coisa que pega bem no histórico escolar de uma garota.

Quando as portas do elevador se abriram, eu estava meio que torcendo para que ele não entrasse, mas é claro que entrou. E, como se descia uma eternidade até se chegar à estação do metrô, a subida do elevador até a superfície levou outra eternidade. O garoto se recostou na grade. Ele era um pouco menor e seus ombros eram mais largos, mas, no reflexo nebuloso das portas do elevador, até se parecia um pouco com Josh.

— Então — disse o garoto, apontando para o emblema no meu casaco. — A Academia Guggenheim...

— Academia Gallagher — corrigi.

— Nunca ouvi falar.

— Bem, é a minha escola.

O elevador parecia se mover cada vez mais devagar e o relógio na minha cabeça tiquetaqueava cada vez mais alto, enquanto eu pensava em como o Sr. Solomon seria capaz de nos fazer voltar a pé a Roseville se ninguém cumprisse o objetivo da missão.

— Está com pressa ou algo assim? — perguntou o garoto.

— Na verdade, preciso encontrar meu professor na exposição dos sapatinhos de rubi. Só tenho 20 minutos e, se me atrasar, ele me mata. (Não exatamente uma mentira, talvez apenas um exagero. Era o que esperava.)

— Como sabe?

— Porque ele disse "Estarei na exposição dos sapatos de rubi."

— Não. — O garoto sorriu, sacudindo a cabeça. — Como sabe que só tem 20 minutos? Não está usando relógio...

— Minha amiga acabou de me dizer. — A mentira saiu fácil, e fiquei um pouco orgulhosa, feliz por não precisar pensar em como, em 45 segundos, esse garoto tinha notado algo que Josh não notara em quatro meses.

— Você se mexe muito — disse ele.

E essas foram duas coisas que Josh não tinha notado.

— Desculpe — falei, embora não houvesse motivo para me desculpar. — Tenho hipoglicemia. — Mentira número três. — Preciso comer alguma coisa. — O que não era, de fato, mentira, já que... bem... *estava* com fome.

E então o garoto estranho me confundiu de vez, pois me ofereceu um saco de M&M'S.

— Pode pegar. Já comi quase tudo.

— Ah... hum... — O que foi mesmo que eu disse sobre estranhos com doces? — Não precisa. Mas obrigada.

Ele guardou o saco no bolso de novo.

— Ah — disse o garoto. — Ok.

Finalmente chegamos à superfície e as portas se abriram para o gramado, e vi que a noite caíra nos últimos 10 minutos.

— Obrigada de novo pelo chocolate. — Saí rápido do elevador, sabendo que, para estar segura, não poderia tomar o caminho direto para o museu. Ainda não. Eu precisava...

Espere aí.

Eu estava sendo seguida!

Mas não secretamente!

— Aonde está indo? — perguntei, virando-me para o garoto atrás de mim.

— Achei que íamos encontrar o seu professor no fantástico mundo de Oz.

— *Nós?*

— É claro. Vou com você.

— Não, não vai. — falei bruscamente, porque A) o incidente da *empilhadeira* anteriormente mencionado e B) tenho certeza de que levar um garoto para um *rendez-vous* secreto não está no manual da CIA.

— Olha — disse o garoto, confiante. — Está escuro. Você está sozinha. E está em Washington, D.C. — Ai, meu Deus, é como se ele tivesse encarnado vovó Morgan ou coisa parecida. — E você só tem... — calculou o tempo — ...15 minutos para se encontrar com seu professor.

Ele errou por 90 segundos, mas não falei nada. Tudo o que eu sabia era que não podia dispensá-lo — não sem criar um drama muito maior do que permitir que me acompanhasse, de modo que apressei o passo e disse:

— Tanto faz.

Enquanto andávamos contra o vento frio, eu dizia a mim mesma que aquilo era bom, que estava tudo bem. Ninguém à procura de uma Garota Gallagher esperaria vê-la com um garoto. Ele era o disfarce. Ele era útil.

— Você anda rápido — disse o garoto, mas não respondi nada. — Você tem um nome? — perguntou, como se fosse a pergunta mais simples possível. Como se não fosse com essa pergunta que corações partidos e disfarces destruídos sempre começavam.

— Claro. Muitos.

Essa foi provavelmente a coisa mais verdadeira que lhe disse, mas ele sorriu para mim como se eu fosse engraçada, interessante e bonita. Mas já vou logo dizendo que não sou nenhuma dessas coisas, especialmente depois de ficar sem dormir nem comer, usando uma venda durante uma hora, e de percorrer o gramado gelado de lá para cá o dia inteiro!

Meu nariz estava escorrendo. Meus pés estavam me matando. Tudo o que eu mais queria era calçar os sapatos de Dorothy, bater os calcanhares e ir para casa. Mas em vez disso tinha de aguentar um garoto achando que eu precisava de proteção. Um garoto com quem eu nunca poderia ser eu mesma. Um garoto que me olhava como se soubesse de um segredo, e o que é pior... um segredo sobre mim mesma.

— Você tem namorado? — perguntou.

A essa altura, devo dizer que tinha certeza que aquele garoto estava flertando comigo! Ou pelo menos *achei* que ele estivesse flertando comigo, mas, sem a avaliação de Macey (e sem fazer uma análise no detector de tensão na voz que Liz tinha desenvolvido para isso), não havia como ter certeza. No semestre passado, eu cheguei a pensar que estava aprendendo a interpretar as atitudes dos garotos, mas tudo o que tinha realmente aprendido era que Garotas Gallagher não devem flertar com garotos normais. Não porque não vamos gostar deles; porque podemos gostar *demais*. E essa é a pior coisa que poderia acontecer.

— Olha, obrigada pela gentileza e tudo o mais, mas realmente não é necessário. — Murmurei o que pode ter sido o maior eufemismo do século, já que tenho certeza de que poderia tê-lo matado apenas com minha mochila. — É logo ali. — Apontei para o museu, que brilhava a cerca de 20 metros de distância. — E há um policial bem ali também.

— O quê? — disse o garoto, olhando de relance para o policial que estava na esquina. — Acha que aquele cara pode protegê-la mais do que eu?

Na verdade, eu achava que *Liz* me protegeria mais do que ele, mas falei simplesmente:

— Não, acho que, se não me deixar em paz, posso gritar e aquele guarda vai prender você. — Por algum motivo, ele pareceu perceber que era uma brincadeira. Afastou-se e sorriu, e, por um momento, sorri, também.

— Ei — gritei, porque, apesar de ele ter sido chato, senti uma pontada de culpa no estômago. Afinal, ele tinha sido extremamente prestativo. Não era sua culpa se eu não era o tipo de garota que precisava ser salva. — Obrigada, mesmo assim.

Ele balançou a cabeça. Se fosse outro dia ou se eu fosse outra garota, muitas outras coisas poderiam ter acontecido. Mas eu tinha começado o semestre com a promessa de ser verdadeira, e eu ainda era uma garota com uma missão.

Corri para o prédio e entrei. Entrei furtivamente em um corredor estreito atrás da mesa da recepção. Vigiei a entrada, esperando 90 segundos para me certificar de que estava livre.

— Bex. — Tentei meu comunicador. — Courtney... Mick... Kim... — Disse a mim mesma que não havia como *todas* terem sido pegas. Provavelmente estavam na sorveteria no andar de baixo ou, quem sabe, esperando na van.

Peguei um folheto para visitantes na pilha sobre a mesa da recepção, e comecei a subida dos três andares até a exposição, sem me importar por não conseguir ver todas as exposições. (Afinal, a "Cozinha da Julia Child" nem mesmo ilustrava como ela costumava enviar mensagens cifradas em suas receitas.)

Eu podia sentir o tique-taque do relógio, quase conseguia ver a expressão do Sr. Solomon e ouvi-lo dizer "bom trabalho". Eu estava tão perto; examinei o mapa e subi a escada, dois degraus de cada vez, até alcançar o andar onde os sapatinhos de rubi estavam expostos.

Não havia sinal do Sr. Solomon nem de minhas colegas de turma; não havia ninguém na grande sala oval. Senti meu relógio mental bater 17 horas. Fui até um estojo que parecia idêntico ao que ficava no centro do Hall de História. Mas, em vez da espada que Gillian Gallagher usara para matar o primeiro cara que tinha tentado assassinar o Presidente Lincoln, esse estojo continha um tesouro nacional bem diferente.

Os sapatos de rubi eram tão pequenos, tão delicados, que uma parte de mim quis se maravilhar com a sensação de estar tão perto de algo tão raro. O resto de mim só queria saber por que sete Garotas Gallagher tinham desligado o rádio e meu professor não era visto em lugar nenhum! Então ouvi a voz do Sr. Solomon atrás de mim!

— Está quatro segundos atrasada.

Os sapatos cintilaram quando me virei.

— Mas estou sozinha.

— Não, Srta. Morgan. Não está.

E então o garoto do elevador, o garoto do banco, apareceu.

E olhou para mim.

E sorriu.

E disse:

— Oi de novo, Garota Gallagher.

Capítulo Dez

Há mudanças que acontecem devagar — como a evolução. E deixar o cabelo crescer de novo. E há mudanças que acontecem em um segundo — com o toque do telefone, um olhar de relance no momento certo. E, nesse momento, percebi que a Academia Gallagher não era a única. Tive certeza que havia uma escola para garotos. E, principalmente, soube que um deles tinha levado a melhor sobre mim.

Isso não pode estar acontecendo, recitei mentalmente. Isso não pode estar...

— Bom trabalho, Zach — disse o Sr. Solomon. "Zach" piscou para mim, e pensei: "Está mesmo acontecendo!"

Eu tinha sido descuidada, desatenta, e o pior de tudo, tinha deixado um garoto interferir nos objetivos da minha missão... de novo.

Tudo isso poderia ter sido terrível e humilhante demais para suportar se eu não tivesse reunido coragem para dizer:

— Oi, Garoto Blackthorne.

Como eu deveria desconhecer a existência do Instituto Blackthorne para Garotos, por uma fração de segundo, levei a melhor.

O Sr. Solomon piscou. O queixo de Zach caiu, e era eu que sorria quando o meu professor disse:

— Muito bem, Srta. Morgan. — Mas então olhou para o garoto que havia me derrotado no meu próprio jogo, e meu rosto ficou vermelho como os sapatos de Dorothy. — Mas não o bastante.

O dia passou como um filme na minha cabeça: Zach e seu amigo observando Bex girar na brisa; os garotos na longa escada rolante da estação do metrô. Eles estavam lá — nós tínhamos visto! Mas pensamos que eram apenas... garotos. E eram. Da mesma forma que nós éramos apenas garotas.

— Sua missão foi... o quê? — comecei, perplexa com o fato de minha voz não ter se alterado e meus batimentos cardíacos se manterem regulares. — Impedir que cumpríssemos a nossa missão?

O garoto alongou o pescoço e ergueu a sobrancelha.

— Mais ou menos isso. — Deu um sorriso malicioso, quase rindo. — Achei que podia simplesmente atrasá-la para o encontro. Na verdade, não pensei que me contaria onde era nem que me levaria junto até a metade do caminho.

Achei que ia vomitar — sério — ali mesmo, na frente de oito câmeras de segurança, de meu professor preferido, e... de Zach.

Eu tinha achado que ele era um cavalheiro (não era). Eu tinha achado que ele era uma gracinha (mas, pensando bem, alto, moreno e bonito é difícil de não impressionar). E, o pior de tudo, pensara que ele estava flertando... comigo.

Um grupo de turistas na exposição de sapatos se apertava próximo à exposição. Fui empurrada por eles e o flash de uma câmera estourou nos meus olhos. O Sr. Solomon pôs seu braço em volta dos meus ombros e me guiou para a porta.

Olhei para trás, na direção dos sapatos.

Mas Zach já tinha desaparecido.

Quão estranha foi a viagem de volta no helicóptero? Vou contar:

Tentando ficar menos visíveis, Mick e Eva tinham trocado seus uniformes da escola por macacões do pessoal da manutenção do National Park Service.

Kim Lee tinha caído da escada na National Gallery, e teve que se sentar no colo de Tina com o tornozelo envolto em uma compressa de gelo.

Courtney Bauer ainda estava molhada, depois de um incidente infeliz na fonte do Lincoln Memorial.

E Anna Fetterman olhava o vazio, boquiaberta, porque, de todas as Garotas Gallagher no gramado, naquele dia, ela era a única que completara a missão (sim, você leu certo, *Anna Fetterman!*) e, de todas, era a que mais estava em choque.

Até mesmo Bex tinha sido pega ao sair da estação de metrô, não conseguindo chegar ao museu a tempo.

Por isso a minha turma inteira de Operações Secretas da Academia Gallagher para Garotas Superdotadas estava em silêncio, vendo o Washington Monument desaparecer aos poucos na noite escura enquanto o helicóptero levantava voo e nos levava para casa.

Achei que haveria perguntas. E teorias. Mas até mesmo Tina Walters — a garota que tinha violado o sistema do satélite da Agência de Segurança Nacional procurando a suposta escola para garotos — não tinha nada a dizer.

Afinal, uma coisa é ficar sabendo que há uma escola altamente confidencial para garotos espiões. Outra coisa é descobrir que eles podem ser melhores do que você.

A região rural tremeluziu embaixo de nós e a mansão finalmente apareceu, as luzes nas janelas refletidas na neve.

Senti o helicóptero tocar o solo, vi a neve rodopiar. O Sr. Solomon estendeu o braço para abrir a porta do helicóptero, e então parou.

— Hoje, pedi para fazerem uma coisa que talvez somente cinquenta pessoas no mundo inteiro conseguem fazer — disse ele, e pensei: É isso, uma conversa para levantar o ânimo, o interrogatório depois de uma missão. Ou pelo menos uma explicação de quem eram aqueles garotos e por que fomos apresentadas a eles agora. Mas, em vez disso, o Sr. Solomon disse: — No fim do semestre é bom existirem 58.

— Você realmente viu um deles? — perguntou Liz, uma hora depois. É claro que o som estava no volume mais alto e o chuveiro aberto, mas ainda assim Liz sussurrou. — Eles realmente... existem?

— Liz — repliquei também sussurrando —, eles não são unicórnios.

— Não — disse Bex sem rodeios. — São garotos. E são... bons.

A umidade tornou meu cabelo pesado, o vapor embaçou o espelho do banheiro, mas nós quatro mantivemos a porta fechada, porque A) o vapor é excelente para os poros, e B) a maior notícia na história da nossa irmandade estava se espalhando pelos corredores de um lugar onde escutar às escondidas é uma arte e uma ciência. Portanto não é preciso dizer que minhas colegas de quarto e eu não nos arriscaríamos.

— Talvez não seja o que você pensa — disse Liz. — Talvez não fossem nada da Blackthorne. Talvez só fossem agentes bem joviais. Talvez...

— Ah — disse Bex simplesmente —, eram eles.

Ao me deixar cair na borda da banheira e apoiar minha cabeça nas mãos, sabia que nada poderia ferir mais o meu orgulho.

— Não consigo acreditar que realmente falei com ele — admiti por fim. — Não consigo acreditar que realmente lhe *contei* aonde estava indo!

— Não pode ter sido tão grave assim, Cam — disse Liz, sentando-se do meu lado.

— Ah, foi pior! Ele estava... e eu estava... e então...
— Mas desisti porque, em todas as 14 línguas que eu era fluente, não havia uma única palavra capaz de expressar a raiva e a humilhação que corria por minhas veias.

— Então — interrompeu Macey, pulando para a bancada e cruzando as pernas compridas —, esse garoto era muito gato?

Ai. Meu. Deus.

— Macey! — protestei. — Isso tem importância?

Bex assentiu.

— Era muito gato.

— Meninas, argumentei, o quanto ele era atraente realmente não vem ao caso.

— Mas que tipo de gato era exatamente? — perguntou Liz enquanto abria seu caderno de anotações e pegava uma caneta. — Isto é, vocês diriam que era atraente do tipo fofo, como Leonardo DiCaprio mais novo, ou atraente do tipo belo e experiente, como George Clooney?

Eu ia lembrá-la que nenhum dos dois justificaria o fato de que eu tinha revelado a localização de um *rendez-vous*, quando Bex respondeu por mim.

— Do tipo experiente. Definitivamente. — Macey balançou a cabeça aprovando.

No corredor, o resto da turma do segundo ano estava violando o sistema de vigilância do Smithsonian, e passando as imagens de todos os garotos de idade entre 12 e 22 anos que tinham estado no Mall naquele dia através do programa de reconhecimento facial do FBI. Pelo menos uma dúzia de garotas estavam na biblioteca pesquisando nos mesmos livros que tínhamos abandonado dias antes.

No entanto, ninguém tinha dito o nome Blackthorne. Ninguém tinha mencionado a Ala Leste.

Liz fechou seu caderno.

— Bem, agora sabemos sobre o que a sua mãe e o Sr. Solomon estavam falando. E ponto final. — Ela sorriu. — Não vai precisar revê-lo.

Depois, Liz pareceu reconsiderar como era ingênuo o que tinha acabado de dizer. Aí, completou:

— Vai?

Às 4 horas da manhã eu estava começando a realmente odiar Joe Solomon e todo o seu treinamento "a memória é sua melhor arma", porque a essa altura eu teria dado toda a minha poupança (que somava U$947,52) para esquecer o que tinha acontecido.

Bex estava deitada à luz da janela, com um sorriso diabólico nos lábios, provavelmente sonhando com invasões e disfarces elaborados. Liz estava encolhida contra a parede, ocupando o mesmo espaço que uma boneca ocuparia, e Macey estava deitada de costas, dormindo tranquilamente, apesar do assobio do ar passando pelo grande diamante em seu nariz. E eu? Tudo o que eu conseguia fazer era olhar para o teto e esperar pelo sono, até que finalmente afastei a coberta e pisei com os pés descalços no assoalho frio.

Juro que não sabia aonde estava indo. Sério. Não sabia. Apenas calcei o tênis — sem as meias — e me dirigi à porta na ponta dos pés.

Todo espião sabe que, às vezes, a adrenalina e o instinto são suficientes. Então, quando me peguei vagando pelos corredores escuros e vazios, não me perguntei por quê. Quando segui o corredor do segundo andar, não pensei em dar meia-volta.

O luar atravessava a vidraça fosca no extremo do corredor. Fui na direção da estante alta na entrada do Hall de História e a passagem secreta que ela ocultava. Então ouvi o piso ranger atrás de mim e vi um feixe de luz de uma lanterna que logo iluminou o meu rosto. Levei as mãos aos olhos e comecei a preparar um álibi. (Eu era sonâmbula... Ia beber um copo de água... Tinha sonhado que não tinha levado meu trabalho para o Sr. Smith e queria checar...)

— Não achou que deixaríamos você sair sem nós, achou? — perguntou Bex.

Quando Macey finalmente baixou a lanterna, vi Liz tremendo em sua camisola fina e Bex segurando um pequeno estojo preto aberto, com suas confiáveis ferramentas para arrombamento cintilando prateadas na luz.

Ninguém precisou dizer aonde estávamos indo. Tínhamos iniciado o caminho dias antes e finalmente veríamos onde terminava. Enquanto Bex trabalhava o cadeado na porta da Ala Leste, não olhei para o Hall de História, não olhei para a sala escura da minha mãe e, acima de tudo, não pensei em todas as promessas que não estava mais a fim de cumprir.

— Consegui — avisou Bex em tempo recorde, e a porta se abriu.

Entramos em um corredor que costumávamos conhecer. Levava a um grande espaço aberto. Salas de aula desertas o circundavam, mas as carteiras tinham desaparecido. Uma porta estava aberta, e vi que um banheiro tinha sido modificado para ficar entre dois... quartos de dormir? O cheiro de serragem e tinta fresca enchia o ar.

— Parecem... — começou Liz, mas sua voz falhou. — Suítes? — completou, sua mente genial tentando absorver esse simples fato.

Havia camas, mesas e armários. A teoria dos jardineiros tratantes não nos assustava mais.

— Sabem o que isto significa? — perguntou Bex.

Só poderia significar uma única coisa.

— Garotos — respondi. — Garotos estão vindo para a Academia Gallagher.

— Sim. — Bex sorriu. — E vamos poder nos vingar.

Capítulo Onze

A Academia Gallagher é uma escola para *garotas* superdotadas por uma razão. Na verdade, por muitas razões.

Por exemplo, por ter somente banheiros para garotas (sem contar com as salas do corpo docente), uma área considerável da mansão pode ser dedicada a coisas como laboratórios de química e salas de TV.

Além disso, uma adolescente média em um ambiente de educação mista tende a passar 100 horas por ano se aprontando para a escola, quando esse tempo poderia ser usado para dormir, estudar ou debater os méritos da vigilância a pé *versus* em veículo em um cenário urbano.

Mas a principal razão de a Academia Gallagher ser uma escola para garotas é que, no fim do século XIX era perfeitamente aceitável garotos aprenderem matemática, ciências e como duelar, enquanto garotas como Gillian Gallagher eram obrigadas a dominar a bela arte do bordado.

Gilly não podia fazer parte do Serviço Secreto — nem mesmo depois de ter salvo a vida de um presidente — porque os outros agentes receavam que a crinolina por baixo de sua saia atrapalhasse as missões (quando, na verdade, crinolinas são excelentes para transportar informações e/ou armas clandestinamente).

Então Gilly fez a melhor coisa que podia: abriu uma escola onde moças pudessem aprender todas as coisas de que supostamente não precisariam, um lugar onde garotas estariam livres para serem excepcionais sem a pressão ou influência dos garotos.

Mas agora, mais de um século depois, tudo isso ia mudar.

Na manhã seguinte, durante o café da manhã, minhas companheiras de quarto e eu olhamos fixamente para os nossos pratos, sem escutar nada do que Anna Fetterman contava, em detalhes, sobre o dia anterior.

— *Und dann sah ich ihn in den Wandschrank gehn and ich wusste, dass ich ihn dort einsschliessen musste um dann die Stufen hin unter gehen zu koennen* — dizia ela, e tenho de admitir, trancar o agente que a vigiava em um armário no alto do Washington Monument foi muito engenhoso, mas eu não estava a fim de fazer anotações.

— Cammie. Quando acha que eles vão... você sabe... — sussurrou Liz, apesar de o cartaz nos dizer que deveríamos falar em alemão — ... vir?

Eu não fazia a menor ideia. Nas últimas 24 horas, meu mundo inteiro tinha caído, de modo que não estava com pressa de determinar a data da chegada dos garotos — e assim torná-la ainda mais real.

Mas então, encarar a realidade da situação parou de ser opcional.

Minha mãe levantou-se da mesa de jantar da equipe e foi para o tablado.

— Atenção, meninas, tenho um comunicado a fazer.

As portas no fundo da sala se abriram.

E eu soube que nada na Academia Gallagher para Garotas Superdotadas jamais seria igual.

Garfos caíram sobre as mesas. Cabeças se viraram. Pela primeira vez em 12 horas, não houve um único cochicho dentro dos nossos muros de pedra.

Espera-se que Garotas Gallagher estejam preparadas para qualquer coisa em qualquer situação. Embora eu tenha certeza de que seríamos capazes de lidar com uma invasão de forças inimigas, um único olhar rápido para as minhas colegas de turma me disse que nem sequer uma Garota Gallagher se sentia completamente preparada para ver 15 garotos na entrada do Salão Nobre.

Garotos estavam olhando para nós. Garotos estavam andando na nossa direção. Uma coisa é *saber* que os garotos viriam... um dia. Outra coisa, bem diferente, é estar aproveitando uma refeição tranquila, se virar e se deparar com uma onda de testosterona adolescente vindo na sua direção! (Quer dizer, oi, eu estava usando uma saia manchada no traseiro.)

Mas minha mãe parecia se importar com isso? Não! Ela simplesmente subiu no tablado na frente da sala e disse:

— A Academia Gallagher para Garotas Superdotadas tem uma história honrosa... — Mas tenho certeza de que ninguém estava escutando.

— Por mais de cem anos, esta instituição permaneceu isolada, mas ontem, algumas de suas colegas conheceram um grupo de alunos excepcionais de outra instituição excepcional. — Acho que *conhecer* é um eufemismo para *ser humilhada por*.

— Curadores Gallagher, junto com integrantes do quadro de diretores do Instituto Blackthorne, há muito pensam que nossos alunos poderiam aprender uns com os outros — ela sorriu. Uma madeixa de cabelo escuro caiu em seu rosto, e ela a prendeu atrás da orelha antes de olhar para o outro lado da sala. — E, neste ano, veremos isso acontecer.

Tina Walters parecia à beira de um colapso; Eva Alvarez segurava seu suco de laranja a meio caminho da boca — mas Macey McHenry parecia não ter notado que garotos passavam pela nossa mesa. Ergueu o olhar de seus cartões de memória de química orgânica por uma fração de segundo e disse:

— São esses? — Encolheu os ombros. — Já vi melhores. — E voltou para as suas anotações.

— Quando Gillian Gallagher era jovem, este salão abrigou bailes e formaturas, amigos e famílias, mas não recebeu muitos convidados no século passado — disse minha mãe. — Estou muito feliz que hoje seja uma exceção.

Então, pela primeira vez, me dei conta de que os garotos não vinham sozinhos: havia um homem conduzindo-os à frente da sala. Seu rosto era redondo e avermelhado, e tinha um sorriso largo e brilhante. Ao passar pelo corredor central entre as mesas, acenou e apertou as mãos das garotas, como se fosse um concorrente de um programa de calouros e minha mãe tivesse acabado de chamá-lo para sua vez.

— É um prazer apresentar o Dr. Steven Sanders. O Dr. Sanders... — começou mamãe, mas se interrompeu quando o homenzinho foi para trás da mesa da equipe, inclinou o microfone para perto de si e disse:

— Dr. Steve.

— Como? — perguntou mamãe.

— Me chame de *Dr. Steve* — disse ele.

Olhei para Liz, suspeitando que a ideia de chamar um professor pelo primeiro nome a deixaria em choque, mas ela parecia não ter notado nada além do garoto perto da cabeceira da mesa.

— É claro — replicou minha mãe, e se virou para nós. — O *Dr. Steve* e seus alunos passarão o resto do semestre conosco.

Um coro de sussurros cresceu na sala.

— Frequentarão as mesmas aulas que vocês, farão as refeições com vocês. — Dormindo na Ala Leste, pensei.

— Senhoritas, esta é uma grande oportunidade — concluiu minha mãe. — E espero que usem esse tempo para criarem laços de amizade para o resto da vida.

— Eu não me incomodaria de criar um laço com ele — disse Eva Alvarez, indicando um garoto na ponta do grupo. Um garoto de cabelo castanho escuro e ombros largos.

Um garoto que cruzou os braços e se apoiou na mesa da frente.

Um garoto que estava sorrindo.

Para mim.

Capítulo Doze

— Integrantes dessa tribo podem ser identificados por que característica física, Srta. Bauer? — perguntou o Sr. Smith, uma hora depois, mas estou certa que falo por toda a turma quando digo que estávamos muito menos interessadas nos países do mundo do que no que estava acontecendo em nossa escola. Quer dizer, como poderíamos nos concentrar quando havia cadeiras extras no fundo da nossa sala de aula? Cadeiras que seriam ocupadas por... garotos.

Até mesmo Liz ficava olhando em volta, como se esperasse que os garotos fossem se materializar no fundo da sala ou algo do tipo. Mas o Sr. Smith continuava a falar como se fosse um dia como qualquer outro, até uma voz grave dizer "toc, toc", logo antes de o Dr. Steve abrir a porta.

O Dr. Steve exclamou:

— Bom-dia, senhoritas. — Mas, se quer saber, era um péssimo dia. E eu estava para dizer isso quando a manhã ficou ainda pior. Pois não somente o Dr. Steve chegou sem avisar, interrompendo uma aula muito boa, como veio acompanhado.

Três garotos estavam atrás dele: um era supermagro, usava óculos e tinha uma cabeleira preta. Outro revelava uma semelhança impressionante com um deus grego. E o outro... era Zach.

Minhas amigas me chamam de Camaleão porque sou a garota que se mistura, que se torna invisível, mas eu nunca quis tanto ser invisível como nesse momento.

Quero dizer, entendo a coisa de cooperação entre escolas; posso compreender perfeitamente o conceito de camaradagem e trabalho de equipe. Mas meu lado espiã tinha sido derrotada no dia anterior, e eu ainda tinha sido paquerada e usada. Afundei na cadeira, desejando que Bex ainda estivesse usando o condicionador que dava volume ao cabelo, porque, no momento, eu precisava de toda a distração que pudesse conseguir.

— Em que posso ajudá-lo, Dr. Sanders? — perguntou o Sr. Smith, sem nem mesmo tentar esconder a impaciência em sua voz. Mas o Dr. Steve apenas olhou para ele e ergueu um dedo, reticente.

— Sua voz me soa tão familiar — disse o Dr. Steve. Nosso professor é um dos ex-espiões mais procurados (para não dizer paranoicos) do mundo, e todo verão ele procura o cirurgião plástico da CIA e consegue uma cara totalmente nova, de modo que era impossível o Dr. Steve reconhecê-lo. — Já nos encontramos antes?

— Não — replicou o Sr. Smith, friamente. — Tenho certeza que não.

— Nunca trabalhou no Instituto Andover?

— Não — repetiu o Sr. Smith, fazendo menção de retomar sua aula como se já tivesse sido interrompido o suficiente.

— Ah, bem — disse o Dr. Steve com uma risada, apontando os garotos às suas costas —, vamos deixar que os garotos se apresentem?

— Eu aprendi, Dr. Sanders...

— Steve — interrompeu o outro, tentando corrigi-lo, mas o Sr. Smith prosseguiu, sem parar nem mesmo para respirar.

— ...que na nossa profissão os nomes são, na melhor das hipóteses, *temporários* — concluiu o Sr. Smith. O que, pensando bem, é encarar o fato de maneira branda vindo de um homem que (segundo Tina Walters) tem 137 codinomes registrados na CIA. — Mas se eles fazem questão...
— O Sr. Smith revirou os olhos e se sentou.

O garoto magricela deu um passo à frente, ajeitando nervosamente a gravata, como se aquilo fosse um tipo totalmente novo de tortura.

— Hum... meu nome é Jonas — disse, jogando o peso do corpo de um pé para o outro. — Tenho 16 anos, estou no segundo ano....

— Por isso está nesta turma — interrompeu o Sr. Smith, seco. — Seja bem-vindo, Jonas. Por favor, sente-se.

— Excelente trabalho, Jonas — disse o Dr. Steve, ignorando o Sr. Smith, que tinha começado a distribuir um teste-surpresa. — Excelente. Jonas está na área de pesquisa. Alguma de vocês, jovens senhoritas, pode mostrar a escola a Jonas?

— Ui! — exclamou Liz, o que provavelmente teve menos a ver com o fato de estar ansiosa por mostrar a escola a Jonas do que o fato de Bex ter chutado sua canela por debaixo da mesa (com força). Mas o Dr. Steve não viu nada disso.

— Excelente — disse novamente.

(Atenção: "excelência" é provavelmente medida no Instituto Blackthorne em uma escala muito diferente da Academia Gallagher.)

— Jonas, você pode passar o dia com a Srta. ... — O Dr. Steve olhou para Liz.

— Sutton. Liz Sutton.

— Excelente — disse o Dr. Steve mais uma vez. — Agora, Grant, se você...

— Me chamo Grant — disse o garoto ao lado de Zach. Ele não parecia um estudante do ensino médio. Grant parecia um dublê de corpo de Brad Pitt.

Deslizou para o lugar ao lado de Bex, que sorriu e jogou o cabelo em um movimento que não ensinam em P&CL (aula de Proteção e Cumprimento da Lei).

Ai, meu Deus! É isso que é ter aula junto com garotos? Quer dizer, sei que eu *frequentei* uma escola mista antes de ingressar na Academia Gallagher, mas nunca houve esse movimento com o cabelo entre o jardim de infância e o sexto ano. (Embora eu me lembre de um certo puxão de cabelo que resultou em uma cabeçada, mas aí mamãe me proibiu de usar novamente a Manobra Wendesley em civis.)

Um garoto permaneceu na frente da sala, mas em vez de esperar o Dr. Steve, Zach foi para o fundo da sala.

— Me chamo Zach — disse ele, indo para a cadeira atrás de Grant, ao meu lado —, e acho que encontrei minha guia.

Quase não ouvi a palavra que veio da frente da sala.
— Excelente! — Mas não necessariamente concordei.

Garotas Gallagher têm missões — missões difíceis. O tempo todo. Mas assim que a aula de Países do Mundo acabou, peguei meus livros e lutei contra a sensação de que estava completamente despreparada para o que tinha de fazer. Quando me dirigi à porta, disse a mim mesma todas as razões para não me sentir como me sentia:

1. Nos serviços clandestinos, é bom ter o máximo de aliados possível, portanto conhecer um ou dois Garotos Blackthorne poderia vir a calhar, um dia.
2. O Sr. Solomon tinha sido um Garoto Blackthorne (e talvez meu pai também). E se tornaram pessoas legais.
3. Como Liz havia declarado previamente, ter acesso ilimitado a garotos poderia ser uma boa coisa, cientificamente falando.
4. Zach só tinha obedecido a ordens, no dia anterior, em Washington.
5. Ele tinha sido gentil.
6. Tinha me oferecido chocolate.
7. Não era culpa dele ter sido... melhor do que eu.

— Então, nos encontramos de novo.

Sim, Zach realmente disse isso, embora, tecnicamente, não tínhamos nos encontrado em Washington. Não mesmo. Quero dizer, *sua* identidade secreta tinha falado com a *minha* identidade secreta, mas falar com alguém que não sabe que você é espião é completamente diferente de estar no meio de sua escola confidencial para agentes secretos com outro agente secreto.

Garotas passavam por nós em todas as direções, como uma maré que ia e vinha, mas Zach e eu não fomos levados pela corrente.

Ele examinou as grandes paredes de pedra e colunas antigas que o cercavam.

— Então, *esta* é a famosa Academia Gallagher.

— Sim — repliquei, civilizadamente. Afinal eu *era* a sua guia, além de ter três anos e meio de treinamento de Cultura e Assimilação. — Este é o corredor do segundo andar. A maior parte das nossas aulas são neste andar.

Mas Zach não estava escutando. Estava olhando... para mim.

— E *você é*... — começou ele lentamente —... a famosa Cammie Morgan.

Ok, em primeiro lugar, não tenho ideia de como Zach sabia o meu nome, mas isso não era tão intrigante quanto a maneira como parecia não notar os corpos que colidiam conosco, as garotas cochichando.

Josh costumava me olhar como se quisesse me beijar, ou rir de mim, ou chamar psiquiatras para me examinar — eu preferia todos esses olhares ao que Zach me lançava agora, não como se eu fosse famosa, mas como se eu fosse *notória*. E, quando se é conhecida por sua invisibilidade, não há nada tão assustador quanto ser vista.

— Vamos — resmunguei, depois do que pareceu muito tempo. Comecei a andar. — Cultura e Assimilação é no quarto andar.

— Ei! — disse ele, parando de repente. — Você disse que está me levando para a aula de *cultura*? — perguntou, com um sorriso sacana.

— Isso mesmo.

Então, Zach abriu um sorriso largo.

— Cara, quando dizem que vocês têm o currículo mais puxado do mundo... *é sério mesmo*. — Mas não é preciso ser um gênio para perceber que *ele* não estava falando sério.

Disse a mim mesma que ele estava lá para "forjar amizades". Lembrei a mim mesma que tinha prometido à minha mãe que não infringiria mais nenhuma regra (e com certeza empurrar visitantes escada abaixo não seria aprovado). Reuni toda força e compostura que eu tinha enquanto me dirigia ao quarto andar, empurrando as pessoas para conseguir passar.

— Cultura e Assimilação faz parte do currículo da Gallagher há mais de cem anos, Zach.

Seguimos o corredor até o salão de chá.

— Uma Garota Gallagher pode se integrar em qualquer cultura, em qualquer ambiente. Assimilação não é uma questão de socialização. — Parei no corredor, com a mão na moldura da porta. — É uma questão de vida ou morte.

Achei que tinha falado bonito, e que a expressão condescendente tinha começado a abandonar o rosto de Zach, quando uma melodia delicada flutuou no corredor. Ouvi Madame Dabney dizer: "Hoje, senhoras e senhores, vamos estudar a arte... da dança!"

E Zach se curvou; senti sua respiração quente na minha orelha quando ele sussurrou:

— Sim... Vida. Ou. Morte.

* * *

Entrei no salão de chá e vi que tinham aberto as cortinas de seda das janelas altas no extremo da sala, e um buquê de orquídeas estava sobre o piano. Cadeiras e mesas com toalhas de linho circundavam a sala, e Madame Dabney estava só, sob o candelabro de cristal. Nossa professora flutuava pelo assoalho lustroso, com um lenço com um monograma bordado nas mãos, dizendo:

— Tinha guardado esta aula tão especial para a chegada de nossos convidados muito especiais.

— Ouviu isso? — perguntou Zach com um sussurro. — Sou especial.

— É uma questão de... — comecei, mas antes de poder terminar, Madame Dabney disse:

— Ah, Cameron, querida, você e seu amigo gostariam de demonstrar para o resto da turma?

O que eu queria fazer era desaparecer, mas Madame Dabney nos puxou para o centro da sala.

— Você deve ser Zachary Goode. Bem-vindo à Academia Gallagher. Agora, devo pedir que coloque a mão bem firme nas costas de Cameron.

Até mesmo um artista de calçada altamente treinado acha difícil se esconder de alguém quando a pessoa de quem está se escondendo tem o braço ao redor de sua cintura.

— Isso. Agora, todos formem pares — instruiu Madame Dabney. — Sim, garotas, algumas de vocês vão ter de se revezar no papel de rapazes.

Ouvi minhas amigas se agitando à minha volta. Houve gargalhadas e risinhos afetados. Vi Jonas e Liz conseguirem pisar no pé um do outro ao mesmo tempo, enquanto Zach e eu ficamos no centro da sala, esperando mais instruções.

— Senhoritas, — disse Madame Dabney — ponham a mão direita na palma da mão do parceiro.

— Qual é o problema, Garota Gallagher? — perguntou Zach, me olhando. — Não está irritada pelo que aconteceu ontem, está?

A música ficou mais alta; ouvi a professora dizer:

— Agora, senhoras e senhores, começaremos com um passo básico. Não, Rebecca, se vai dançar com Grant, *precisa deixá-lo conduzir*!

Mas Zach estava sorrindo para mim, com uma expressão sagaz em seus olhos.

— Foi uma operação, Garota Gallagher. Talvez esteja familiarizada com o conceito, não?

Mas, antes que eu pudesse dizer qualquer coisa, Madame Dabney colocou uma das mãos em Zach e outra em mim, e anunciou:

— Segurem bem seus parceiros. — Ela nos empurrou um para o outro, e antes que eu me desse conta, estávamos dançando.

Capítulo Treze

A vida em uma escola para espiões nunca é entediante (por razões óbvias), mas as duas semanas seguintes foram as mais agitadas de toda a minha existência de futura-agente-do-governo. Fiz praticamente tudo o que pude para A) evitar Zach. B) acompanhar o trabalho escolar. E C) separar boatos dos fatos. Por exemplo:

A delegação da Blackthorne era composta por 15 garotos que iam do nono ao último ano. FATO.

Um dos garotos era filho de um infame agente duplo, cuja morte a CIA tinha encenado, e adotado o garoto legalmente, para torná-lo um agente sabotador. BOATO.

O Dr. Steve tinha partido o coração de Madame Dabney em um triângulo amoroso doloroso que envolveu uma dançarina do ventre paquistanesa, em Champagne, França. BOATO (provavelmente).

E duas coisas eram positivamente verdadeiras: 1) havia tanta conversa na sala comunal à noite que mesmo uma agente 100% dedicada não conseguiria dormir muito. E 2) o ritual de se arrumar toda manhã começava muito mais cedo em uma escola frequentada por garotos de verdade.

Era por isso que eu estava lutando para manter os olhos abertos quando me sentei do lado de Macey no Salão Nobre, numa sexta-feira de manhã.

— Sabia que Jonas foi finalista do Fieldstein Honor no ano passado? — perguntou Liz em japonês, mas depois mudou para inglês. — Não é realmente... *uau*?

Na ponta da mesa, Courtney Bauer e Anna Fetterman estavam fazendo planos para dar brilho no cabelo uma da outra com material do laboratório de química. (Nota para mim mesma: nunca deixar Courtney Bauer e Anna Fetterman chegarem perto do meu cabelo.) Mick Morrison e Bex estavam falando sobre uma Manobra Mankato realmente impressionante que Grant tinha demonstrado no dia anterior na aula de P&CL.

Então alguém me empurrou para se sentar no banco do meu lado.

— *Ne*, Cammie, *Zach toha donattenno*? — perguntou Tina Walters.

Bem, nesse ponto devo frisar que era cedo, que eu não tinha dormido muito na noite anterior, e frases diferentes podem assumir significados muito diferentes em línguas estrangeiras; mas, apesar disso, eu poderia jurar que Tina Walters tinha acabado de me perguntar se "estava rolando alguma coisa" entre mim e Zach. E tenho certeza que "alguma coisa" não significa um trabalho para crédito extra!

— Tina! — sussurrei, porque vi que Zach estava a apenas seis metros de distância, conversando com o Sr. Solomon no balcão de waffle. — Do que você está falando?

— Você sabe — replicou Tina, me cutucando. — Não olhe agora. Ele está olhando para você.

Bem, não sei como garotas normais reagem ao "Não olhe agora", mas espiãs são treinadas para procurar a superfície refletora mais próxima (que era a jarra de prata de suco de laranja) e *olhar*.

Zach estava me estudando. Mas o Sr. Solomon também estava.

— Então — perguntou Tina de novo —, você gosta dele?

Ela não podia estar falando sério. Então olhei, de uma ponta à outra, a comprida mesa de garotas escutando às escondidas e percebi que *ela realmente estava falando sério!*

Não acreditei que estivesse me perguntando aquilo. No Salão Nobre. Com garotos... *por toda parte*! Foi como se Tina não soubesse que é o protocolo padrão fazer uma varredura de segurança básica e ativar um *desabilitador de grampos* antes de ter conversas tão confidenciais. Quero dizer, é claro que fazia muito barulho ali, mas o Instituto Blackthorne podia muito bem ter um excelente currículo de leitura labial.

Mas Tina pensou nisso? Não. Apenas chegou mais perto, parecendo tão animada quanto no dia em que descobriu que a professora Buckingham tinha passado o verão organizando a segurança do Príncipe William, e disse:

— Porque, segundo a minha pesquisa, tecnicamente você tem prioridade em relação a Zach, já que foi a primeira a falar com ele. Se estiver a fim.

Garotas Gallagher estudam. Nós nos preparamos. Nunca fazemos nada pela metade. Mas, principalmente, não deixamos ninguém — nem mesmo 15 Garotos Blackthorne — criar desavenças entre nós.

— Tina — respondi devagar, inclinando-me sobre a mesa e praticamente sussurrando as palavras: — abro mão oficialmente do meu direito a Zach.

Tina sorriu e balançou a cabeça confirmando. Todo mundo voltou ao café da manhã.

— Elas *vão se acostumar*.

A voz era tão fraca que achei que devia ser um sonho. Então vi Macey McHenry — a garota que realmente tinha sido parada nas ruas de Nova York para que lhe oferecessem a oportunidade de aparecer na capa da *Vogue* — sentada ali, usando um uniforme amassado e o cabelo preso em um rabo de cavalo, lendo o último número do *Journal of Extreme Extractions*.

— Esse negócio de garotos, a novidade, vai se esgotar — disse Macey, sem perceber que três garotos na mesa do oitavo ano estavam olhando para ela, sem se importarem com o fato de ela ser a única garota no grupo sem um pingo de maquiagem.

Foi como se um vírus tivesse penetrado em nossa escola, mas Macey tinha conhecido uns mil garotos antes. E eu tinha conhecido Josh. Nós duas tínhamos sido expostas a garotos antes, de modo que havíamos criado anticorpos. Estávamos, portanto, imunes.

Não estou completamente certa, e não são dados científicos nem algo do gênero, mas acho que as palavras mais legais do mundo talvez sejam *Aula de Operações Secretas, lá vamos nós*. Ou pelo menos foi isso que pensei quando o elevador abriu a porta no Subsolo Um, naquele dia, e vi o Sr. Solomon vindo na nossa direção, vestindo uma jaqueta.

Ele não mandou que abríssemos nossos livros; não mandou que nos sentássemos; em vez disso, conduziu-nos lá para cima, para o ar frio, e em direção às vans vermelho-rubi com o emblema da Academia Gallagher do lado. Sei que pode soar um pouco sem graça depois da viagem de helicóptero, mas, para ser franca, estar em um helicóptero com sete de minhas irmãs foi tranquilo em comparação à sensação de sentar na parte de trás de uma van... com garotos.

Grant sentou-se do lado do Sr. Solomon na frente. Zach estava do outro lado do Sr. Solomon — sua respiração era regular, e pensei que, ou o Instituto Blackthorne o tinha treinado muito bem ou muito mal, porque ele parecia indiferente ao fato de estar preso na parte de trás de uma van com oito garotas muito bem treinadas, um homem que (segundo Tina) já tinha estrangulado um traficante de armas iugoslavo com uma meia-calça de seda, e... o Dr. Steve.

— Devo dizer, Sr. Solomon — falou o Dr. Steve, sem emoção —, que fez um excelente trabalho com essas jovens. Simplesmente excelente.

O Sr. Solomon tinha falado sobre as saídas com rolamento na semana anterior, e por um segundo, me perguntei se ele teria nos trazido para ilustrar como jogar alguém para fora de uma van em movimento. Mas então me lembrei que era o Dr. Steve que estava dirigindo.

— Senhoritas, prestem atenção neste homem — disse o Dr. Steve. — Ele é uma lenda viva.

— Para elas, a parte mais importante a se lembrar é o *viva* — completou o Sr. Solomon.

A van parou diante dos nossos portões, depois virou à direita e pegou a estrada que eu conhecia bem.

— Hoje a aula será sobre o básico, senhoras e senhores — disse o Sr. Solomon, descontraidamente, como se os *senhores* sempre tivessem estado presentes. — Quero vê-los agir, trabalhando juntos. Prestem atenção ao ambiente e não se esqueçam: metade do êxito nessa profissão vem de darem a impressão de pertencerem ao grupo. Portanto, hoje, o disfarce é serem um bando de alunos de uma escola particular fazendo uma excursão à cidade.

Pensei no logotipo da Academia Gallagher no lado da van, depois olhei de relance para o meu uniforme — me concentrei em que versão de mim mesma eu deveria ser, enquanto, do meu lado, Bex perguntou:

— O que somos realmente?

— Um bando de espiões. — O Sr. Solomon pegou uma moeda no bolso e a jogou para o alto. — Brincando de pique-cola. — Antes mesmo da moeda cair em sua mão, eu soube que não se tratava de cara ou coroa.

— *Brush pass*, Srta. Baxter — disse o Sr. Solomon. — Defina.

— O ato de passar secretamente um objeto entre dois agentes.

— Correto — disse o Sr. Solomon. Olhei de relance para Zach, esperando que ele revirasse os olhos ou algo parecido, porque, francamente, *brush passes* não são tão complicados quanto aprender a dançar valsa com Madame Dabney. Tecnicamente, o *brush pass* é de baixa tecnologia, mas é importante, senão o Sr. Solomon não teria

115

nos colocado na van nesse dia. — As pequenas coisas podem escapar de vocês, senhoras e senhores. As pequenas coisas têm importância.

— Tem toda razão — disse o Dr. Steve, com sua voz monótona. — Como eu estava dizendo à Diretora Morgan nesta...

— Hoje são vocês e a rua — continuou o Sr. Solomon, ignorando o Dr. Steve. — O teste de hoje pode ser de baixa tecnologia, mas esse é um método essencial usado em operações clandestinas.

Ele puxou uma pequena caixa de debaixo de seu assento, e instantaneamente reconheci o esconderijo de unidades de comunicação e câmeras minúsculas que ficavam ocultas em alfinetes e brincos, prendedores de gravatas e cruzes de pratas, idênticas à que eu tinha perdido no semestre passado.

— Observem. Escutem — disse o Sr. Solomon. — Lembrem-se de se comunicar. Observem.

Kim Lee estava tendo dificuldade de prender uma câmera-broche-da-bandeira-americana no seu casaco, então Grant se dispôs a ajudar.

— Posso? — Nisso, Kim piscou várias vezes e suspirou um pouco (sim, um suspiro de verdade) enquanto ele a ajudava.

— Saiam em pares — o Sr. Solomon continuou a dar as instruções quando a van parou. — Misturem-se e não se esqueçam, estaremos observando.

Olhei para Bex e me dirigi à porta, mas antes de pôr um pé para fora, o Sr. Solomon disse:

— Ah, não, Srta. Morgan. Acho que já tem um parceiro.

* * *

Não deveria ser tão difícil — não os *brush passes*, não as perguntas que o Sr. Solomon disparava por nossas unidades de comunicação a intervalos regulares. Nada disso. Mas, quando saí da van, eu sabia que ia ser uma das missões mais difíceis até então. Porque, para começar, às 11 horas da manhã de uma sexta-feira não há muitos pedestres na praça da cidade, em Roseville, Virginia, e todo mundo sabe que o fluxo de pedestres é primordial quando tentamos passar algo secretamente de um agente para o outro.

Além disso, apesar do sol forte e do céu sem nuvens, continuava muito frio, de modo que, ou eu usaria luvas, inibindo potencialmente minha habilidade de manusear moedas, ou ficaria sem elas e minhas mãos congelariam.

E, é claro, há o fato de que o seu parceiro deve ser uma boia salva-vidas durante operações secretas e, nessa missão, o meu parceiro era Zach.

— Vamos, Garota Gallagher — disse ele indo para a praça. — Vai ser divertido.

Mas não parecia divertido, nem um pouco. Divertido são maratonas de filmes; divertido é experimentar 14 tipos de sorvete e criar seu próprio sabor. *Não* é divertido ficar passeando pelo lugar em que eu tinha conhecido, beijado e rompido com o garoto mais doce do mundo. E participar de um exercício de treinamento clandestino com outro garoto, que não tinha nada de doce.

O coreto continuava no centro da praça. O cinema estava atrás de mim, e a farmácia Abrams e Filho — que pertencia à família de Josh — estava exatamente no mesmo lugar há 70 anos. As coisas devem parecer diferentes quando retornamos, mas apesar da visão de minhas colegas andando aos pares pelas calçadas, tudo era exatamente como eu me lembrava. Nem mesmo as bolsas expostas na vitrine da Anderson's Accessories tinham mudado. Por um segundo, pareceu que aqueles dois meses não tinham passado.

— Então — disse Zach ao se estender nos degraus do coreto —, vem muito aqui?

A pedra solta onde Josh e eu tínhamos escondido nossos bilhetes — minha primeira troca de cartas secretas — estava a apenas 30 centímetros de distância, então encolhi os ombros e repliquei:

— Costumava vir, mas então o vice-diretor da CIA me fez prometer que pararia. — Zach riu em silêncio, um meio sorriso, me olhando com os olhos semiabertos por causa do sol.

Em meu fone de ouvido, ouvi o Sr. Solomon dizer:

— Ok, Srta. Walters, é com você. Fique atenta a observadores civis, e faça a passagem rapidamente, sem sujeira.

Vi Tina e Eva passarem uma pela outra no lado sul da praça. As palmas das mãos das duas se roçaram, por uma fração de segundo, quando a moeda passou entre elas.

— Muito bem — disse o Sr. Solomon.

Zach jogou a cabeça para trás, fechou os olhos e relaxou ao sol, como se tivesse frequentado o lugar durante toda a sua vida.

— E você? — perguntei, quando o silêncio se tornou excessivo. — Onde exatamente fica o Instituto Blackthorne?

— Ah. — Ergueu a sobrancelha. — Isso é confidencial.

Não pude me controlar: me irritei.

— Então você pode dormir na *minha* escola, mas eu não posso nem mesmo saber onde *é* a sua?

Zach riu de novo, mas foi diferente dessa vez, não um riso sarcástico, e sim mais profundo, como se eu nunca fosse entender a piada.

— Confie em mim, Garota Gallagher, você não ia querer dormir na minha escola.

Ok, tenho de admitir que naquela altura minha genética de espiã e a curiosidade de adolescente estavam prestes a me dominar.

Em minha unidade de comunicação, ouvi o Sr. Solomon dizer:

— Dois homens estão jogando xadrez no ângulo sudoeste da praça. A quantos movimentos do xeque-mate está o homem de boné verde, Srta. Baxter?

Bex respondeu, "Seis", sem nem mesmo hesitar, enquanto ela e Grant andavam a passos largos na calçada do outro lado da rua.

— O que quer dizer? Por que não pode me contar?

— Simplesmente confie em mim, Garota Gallagher. — Sentou-se nos degraus, colocou os cotovelos sobre os joelhos, e algo mais importante do que uma moeda pareceu passar entre nós quando ele me olhou fixamente. — Pode confiar em mim?

Um bilhete de cinema rasgado e desbotado foi soprado pelo vento no gramado. O Sr. Solomon disse:

— Srta. Morrison, acaba de passar por três carros estacionados na Main Street. Quais eram suas placas? — Mick respondeu rapidamente.

Mas o olhar de Zach não deixava o meu, e achei que aquela pergunta era a mais difícil de todas.

No reflexo da vitrine da farmácia, vi Eva largar a moeda na bolsa aberta aos pés de Courtney, enquanto o Sr. Solomon avisava:

— Havia um caixa eletrônico atrás de você, Srta. Alvarez. Caixas eletrônicos são como câmeras. Prestem mais atenção, senhoritas.

Zach balançou a cabeça e disse:

— Solomon é bom. — Como se isso não fosse óbvio.

— Sim. Ele é.

— Eles dizem que você também é boa. — E então, apesar do treinamento rigoroso de P&CL, acho que até uma brisa me teria derrubado, porque, A) eu não fazia ideia de quem eram "eles" ou como obtiveram essa informação. E B) mesmo que fosse informação confiável, nunca imaginei que Zachary Goode, de todas as pessoas, seria quem diria isso.

— Ok, Zach — disse o Sr. Solomon. — Sem se virar, diga-me quantas janelas dão para a praça, no lado oeste.

— Quatorze — respondeu Zach imediatamente. Seus olhos não desviaram de mim nem por um segundo. Ele me disse:

— Dizem que é uma verdadeira artista de calçada.

Zach voltou a se recostar nos degraus.

— Sabe, de certa maneira foi bom ter de segui-la em Washington. Se fosse você me seguindo, eu provavelmente nunca a notaria.

Era para ser um elogio — sei que era. Afinal, para uma espiã, não há elogio maior. Mas, naquele momento, no lugar em que tive meu primeiro encontro — em que beijei pela primeira vez —, não ouvi isso como uma espiã, e sim como uma garota comum. E, para uma garota, um cara como Zach Goode lhe dizer que não a notaria não é um elogio. Não mesmo.

    Eu devia ter dito alguma coisa atrevida. Devia ter feito uma piada. Devia ter feito qualquer coisa, mas me virei e me afastei do coreto, do meu parceiro, da minha missão. Bex e Grant mudaram de direção e vieram direto para mim. Senti Bex esbarrar em mim, a ouvi dizer "Desculpe", e sua mão deslizar suavemente pela minha.

    — Belo passe, Srta. Baxter — disse o Sr. Solomon, enquanto eu segurava a moeda. Virei em uma rua secundária, passei pela farmácia, pensando por um segundo no único garoto que tinha realmente me visto, e me perguntei se a vida se resumiria a uma série de *brush passes*, coisas que vêm e vão.

    Então ouvi uma voz familiar dizer:

    — Cammie, é você?

    E percebi que, às vezes, algumas coisas retornam.

Capítulo Quatorze

Josh.

Josh estava parado, na minha frente. Josh estava se aproximando. Josh estava olhando para mim, sorrindo para mim.

— Ei, Cammie, achei que era você.

Bem, sou nova nessa coisa de ex-namorada, mas tenho certeza de que "ex" não se falam. De fato, tenho certeza de que "ex" se escondem quando veem um o outro, o que me parecia uma grande ideia, porque, bem, me esconder é o que eu faço de melhor.

Mas Josh tinha me visto. Josh sempre me via.

— Cammie? — repetiu ele. — Está tudo bem?

Francamente não fazia a menor ideia de como responder, porque, por um lado, Josh estava ali — falando comigo! E por outro, eu tinha rompido com ele e mentido para ele. Na última vez que o vi ele tinha aparecido de surpresa em um exercício de Operações Secretas, atravessando uma parede com uma empilhadeira, e depois teve a memória modificada. Portanto, *bem* não era necessariamente a melhor palavra para descrever como eu me sentia naquele exato instante.

Espiões têm multitarefas — observamos, processamos, calculamos e mentimos, mas achei que não era possível me sentir feliz, assustada e constrangida tudo ao mesmo tempo, de modo que gaguejei, tentando manter a voz firme:

— Oi, Josh.

— O que está fazendo aqui? — perguntou Josh, observando a rua estreita como se estivesse sendo seguido (o que, pensando bem, não estava tão longe da verdade).

— Ah, é... é para a escola. — Ao ouvir a palavra *escola*, ele se retraiu ligeiramente. Olhei para o meu uniforme que, até aquele momento, ele nunca vira. — Então, como vai?

— Vou bem. E você?

— Tudo bem — respondi também. Embora pudesse ter dito a Josh um monte de coisas em uma porção de línguas diferentes, o que eu mais queria dizer eram coisas que não conseguiria expressar, nem como espiã, nem como uma simples garota.

— Estamos os dois bem — disse Josh. Ele forçou um sorriso. — Que bom para nós.

Ai, meu Deus, podia esse momento ser mais constrangedor?, pensei, no instante em que... *esse encontro se tornou muito mais constrangedor.*

— Josh. — A voz era suave e familiar. — Josh, seu pai disse... — A voz se calou, e vi uma das amigas mais antigas de Josh surgir pela porta lateral da farmácia.

O cabelo louro e curto de DeeDee agitou-se um pouco onde se prendia no chapéu cor-de-rosa. Que combinava com a echarpe. E com as luvas. O cor-de-rosa era definitivamente a cor de DeeDee.

— Meu Deus, Cammie! Que bom ver você! — exclamou ela.

Fez uma pausa e examinou o meu uniforme por um segundo, como se recordando de como tudo o que eu tinha lhe dito no semestre passado era mentira. E então, apesar de tudo, DeeDee me abraçou.

— Oi, DeeDee — falei, forçando um sorriso. — É muito... bom... ver você. — E teria sido, se eu não reparasse em uma coisa nesse exato momento, algo que não tinha nada a ver com o fato de eu ser uma espiã em treinamento e tudo a ver com eu ser sua ex-namorada.

DeeDee e Josh estavam parados, o corpo reto demais e se esforçando demais para não se tocarem. *Fomos pegos. Acha que ela vai perceber?*

Não era preciso ser um gênio para perceber que Josh e DeeDee não eram mais só bons amigos.

Espiões não treinam para sempre saberem o que pensar; nós treinamos para que, em momentos como esse, não precisemos pensar; para que nossos corpos não percam o controle e para que façam a coisa certa por nós. Minha boca sorriu. Meus pulmões continuaram respirando. Mantive o disfarce mesmo quando ouvi a voz do Sr. Solomon dizendo ao meu ouvido: "Ok, Srta. Morgan, vamos ver seu passe."

— Estamos... quer dizer... eu estou... — gaguejou DeeDee rapidamente, como se tentasse esconder o fato de que nas últimas semanas tinha perdido seu status de solteira. — Estou no comitê da festa da primavera. É um baile... e sabe... de certa forma... é importante... — Ela falava meio aérea, hesitante, o que é muito comum em pessoas que agem clandestinamente pela primeira vez. — E Josh está me ajudando nessa coisa de rifas e tudo o mais. Para a festa. Na sexta-feira que vem. E...

Talvez ela prosseguisse falando sem parar para sempre, sem que eu a interrompesse, mas então uma voz ecoou na rua estreita.

— Cammie, aí está você — disse Zach dobrando a esquina e parando repentinamente. Olhou de Josh para DeeDee e, por fim, para mim. — Estava me perguntando aonde você teria ido. — Então, virou-se para o garoto do meu lado, estendeu a mão, se apresentou: — Sou Zach.

DeeDee olhou para Zach, depois de volta para mim, e deu aquele seu sorriso todo amistoso, como se aquele fosse o encontro mais engraçado do mundo!

Mas Josh não sorriu. Olhou para Zach e para mim, com a mesma expressão que assumia quando estava fazendo seu dever de química — como se a resposta estivesse bem na sua frente, mas ele não a enxergasse.

— Zach — falei, quando meu treinamento de Cultura e Assimilação entrou em ação. — Estes são DeeDee e Josh. São... — Comecei, e aí me dei conta de que não fazia ideia de como a frase deveria terminar.

— Somos amigos de Cammie — completou DeeDee, me salvando.

— Zach e eu... — comecei, mas também não encontrei as palavras para concluir o que ia dizer.

— Sou da turma de Cammie — disse Zach. Por um momento me maravilhei com a facilidade com que ele tinha mentido, antes de me dar conta de que aquilo não era uma mentira.

— Mesmo? — DeeDee pareceu confusa. — Pensei que era uma escola só para garotas.

— Na verdade, a minha escola está fazendo um intercâmbio com a Gallagher neste semestre.

Então (e juro que não estou inventando), Zach segurou minha mão!

— Ah. — Os olhos de DeeDee se arregalaram ao olharem para Zach, depois para mim, e depois para as nossas mãos entrelaçadas. — É realmente fantástico! — Ela vibrava, e como é a garota mais não espiã que conheço, não tive a menor dúvida de que estava mesmo feliz por mim.

Olhei para Zach, tentando vê-lo como DeeDee o via. Era alto, seus ombros eram muito largos. Acho que, se tem de esbarrar com seu ex-namorado e sua nova namorada, provavelmente existem tipos bem piores de disfarce. (Sei porque minha mãe me contou uma história sobre a região Privolzhsky da Rússia e um chapéu muito feio.) Mas isso não mudou o fato de que eu estava, finalmente, com Josh de novo, mas Josh... estava com DeeDee. E eu estava segurando a mão do garoto errado.

— Cam — disse Zach, e percebi que era a primeira vez que ele me chamava pelo meu primeiro nome, e não *Garota Gallagher*. Soou, bem... *diferente*. — A van vai partir em dez minutos. — Balançou a cabeça para Josh e DeeDee. — Foi um prazer conhecê-los.

— O prazer foi nosso — disse DeeDee, mas Josh não emitiu um som sequer ao ver Zach ir embora. Ele já tinha dobrado a esquina, quando percebi que levara a moeda.

Por mais que eu não quisesse admitir, Zachary Goode era oficialmente *o melhor*.

— Ah... bem... Vou deixar vocês planejando a festa — falei, me afastando.

— Você podia ir — gritou Josh para mim. Eu parei. — Na sexta que vem. Sabe, a cidade toda vai estar lá. Pode ir, se quiser.

— E traga Zach — DeeDee apressou-se em dizer.

— Parece divertido — respondi, embora, se quer saber, uma festa com Josh, DeeDee e Zach pareça mais uma espécie de tortura proscrita pela Convenção de Genebra. Mas é claro que eu não podia dizer isso. É claro que tive de sorrir. E mentir. De novo.

PRÓS E CONTRAS DE SE SER UMA ESPIÃ
COM O CORAÇÃO PARTIDO:

PRÓ: Sempre que se sentir a fim de esmurrar alguém, você pode. Com toda a força que quiser. E aumentar sua nota.

CONTRA: A pessoa que você esmurrou pode muito bem revidar. Com ainda mais força. (Especialmente se essa pessoa for Bex.)

PRÓ: Muros de pedra altos e segurança avançada reduzem consideravelmente a chance de ver ex-namorado e a nova namorada em situações tremendamente constrangedoras.

CONTRA: Treinamento avançado significa que a sua memória fotográfica agora é tão fidedigna que você nunca será capaz de esquecer a visão do casal feliz.

PRÓ: Você é perfeitamente capaz de pôr todas as suas cartas de amor e restos de tíquetes em sacos para material secreto a ser queimado, e escondê-lo muito, mas muito bem.

CONTRA: Saber que, apesar de tudo, não consegue jogar o saco no fogo. Ainda não.

PRÓ: Saber que, independente da missão, sempre pode contar com seus amigos.

— Odiamos essa garota — proclamou Bex naquela noite, quando nós quatro descemos para o jantar.

— Não, nós não *odiamos* DeeDee — falei.

— É claro que *você* não pode odiá-la, seria mesquinho — disse Liz, como se tivesse refletido muito sobre o assunto. — Mas *nós* podemos odiá-la.

Parecia perfeito teoricamente, exceto... bem... DeeDee não é exatamente uma pessoa fácil de se odiar. Quero dizer, ela é o tipo de pessoa que pinga os "i"s de suas cartas com coraçõezinhos (sei porque encontramos um bilhete dela no lixo de Josh no semestre passado), e usa luvas cor-de-rosa e convida a ex-namorada de seu namorado para festas, embora não precisasse fazer aquilo. DeeDee era definitivamente *indetestável*. (E era isso que mais me irritava.)

Os corredores estavam praticamente vazios. Aromas deliciosos vinham do Salão Nobre quando Macey McHenry pôs uma das mãos no corrimão da escadaria principal, virou-se para mim e disse:

— Poderíamos violar o sistema do departamento de transportes, e criar algumas multas de estacionamento.

— Macey! — gritei.

— Talvez isso fizesse bem a você — racionalizou ela.
— Talvez *me* fizesse sentir melhor.

Mas eu achava que nada conseguiria me fazer sentir melhor naquele momento, especialmente quando chegamos ao piso de mármore do *hall* e Bex disse:

— Você podia ir à festa e mostrar a ele o que está perdendo.

Na verdade, ir a essa festa era a última coisa que eu precisava, pois A) eu tinha prometido, sob juramento, que nunca mais fugiria do campus. B) Se eu fosse, teria de levar Zach comigo (até parece que isso ia acontecer). E C) Não tinha nada no meu armário que pudesse competir com luvas cor-de-rosa em termos de *fofice*!

Estava para salientar esses simples fatos quando ouvi realmente o que Bex tinha dito.

— Espere — falei. — Como soube da festa?

— Cam — replicou Bex baixinho —, estávamos com nossas unidades de comunicação ligadas.

Ai. Meu. Deus.

Como se já não bastasse eu ter tido uma das conversas mais traumáticas e dolorosas da minha jovem vida — eu estava usando unidades de comunicação!

Minhas colegas tinham escutado tudo... O Sr. Solomon tinha escutado tudo... O *Dr. Steve* tinha escutado tudo!

Tinha sido a minha chance de me redimir na frente dos Garotos Blackthorne, e eu tinha me paralisado. Eu, Cammie, o Camaleão, tinha sido vista... por meu ex-namorado... e sua nova namorada... e tinha congelado.

Foi preciso que as minhas três companheiras de quarto me arrastassem para o jantar no Salão Nobre. Mal consegui esperar a sobremesa acabar para sair furtivamente. (Na verdade, não há razão para desperdiçar a excelente *crème brûlée.*)

Mas então me vi andando a esmo pelos corredores empoeirados, raramente usados, caminhando pelas entradas de passagens secretas, lutando contra a tentação de entrar nelas, até finalmente estar em um longo corredor vazio, olhando uma tapeçaria com a árvore genealógica da família Gallagher, desejando passar por trás dela — entrar na minha passagem secreta preferida e desaparecer.

E talvez tivesse feito isso, se não ouvisse uma voz atrás de mim.

— Sabe, acho que nunca terminei o tour.

Zach. Zach estava bem ali, atrás de mim. Zach estava na metade do corredor me observando, e não sei o que foi mais assustador: eu ter sido descuidada o bastante para não ouvi-lo ou ele ter sido bom o bastante para não ser ouvido.

— Então, o que diz, Garota Gallagher? — Veio na minha direção, enganchou um dedo atrás da tapeçaria antiga e espiou. — É aqui que começamos o tour de Cammie Morgan, onde nenhuma passagem é secreta demais, nenhum muro é alto demais?

— Como sabe sobre...

Apontou para si mesmo e disse:

— Espião.

Zach empinou a cabeça e apoiou um ombro na parede de pedra fria, e de repente fiquei ciente do fato de que estávamos...

Sozinhos.

— Então — disse ele —, aquele era o Jimmy?

— Josh — corrigi.

— Não importa — disse Zach, dispensando o detalhe. — Ele é bonitinho.

E... bem... Josh é bonitinho, mas duvido muito que Zach tenha falado sério, de modo que só revirei os olhos.

— O que você quer, Zach? Se veio me zoar, vá em frente — falei, me expondo (ou tanto quanto uma garota pode se expor em um uniforme escolar aprovado pelo governo). — Deboche.

Ele me examinou por um longo tempo, tentando reprimir o sorriso antes de dizer:

— Nossa, sabe, eu ia... mas você acaba de tirar a graça disso.

— Desculpe.

Dei um passo rápido, mas ele bloqueou meu caminho.

— Ei — sussurrou ele. — Por que congelou lá, hoje? — De repente, ele não era o garoto que tinha piscado para mim em Washington, e não se assemelhava em nada com o cara que tinha tomado sol nos degraus do coreto. Até agora, eu tinha visto três faces diferentes de Zachary Goode, e nesse momento eu não fazia a menor ideia de qual era a verdadeira e qual era lenda.

— Estou bem — eu disse. — Já me recuperei.

— Não, não se recuperou, Garota Gallagher. Mas você vai.

No caminho para a sala da minha mãe, no sábado à noite, não consegui deixar de me perguntar quando tudo isso se tornaria mais suportável. Josh nem era mais meu namorado, mas minha vida continuava dramática em relação a garotos. Eu tinha passado uma grande parte das férias de inverno tentando esquecer, mas isso foi antes de saber que me daria mal na contravigilância — antes de saber que o drama me seguiria aonde quer que eu fosse.

Alguns minutos depois, minha mãe apareceu na porta da sala.

— Como está, filhota?

— Bem.

Mas uma das desvantagens de sua mãe ser agente do governo é que, na maior parte do tempo, ela sabe quando você está mentindo — até mesmo para si mesma.

— Não — disse mamãe. Ouvi o estalar da porta ao ser trancada. — Não está nada bem.

Poderia ter replicado que não era nada; poderia ter dito que estava bem na medida do possível, considerando que Eva Alvarez tinha entrado no nosso quarto às 6 horas da manhã (de um *domingo*) pedindo o babyliss de Macey. Mas minha mãe não se convenceria, de modo que fui para o sofá de couro, me afundei nas almofadas macias e disse:

— Vi o Josh.

E minha mãe respondeu:

— Eu sei.

É claro que eu sabia que ela tinha ficado sabendo, porque — bem, ela é uma espiã, e minha diretora, e provavelmente havia uma fita de toda aquela provação circulando por algum lugar. (Anotação mental: localizar e destruir.) Mas, nesse momento, Rachel Morgan estava olhando para mim não como espiã, mas como mãe. Talvez por isso tive de desviar o olhar.

Ela afundou-se do meu lado, no sofá.

— Sei que pode não parecer, mas foi bom, Cam. Vê-lo foi bom.

Eu não *achava* bom.

— O chá que demos a Josh é muito eficaz, mas às vezes certas situações podem fazer as pessoas se lembrarem de coisas que precisamos que esqueçam. Josh viu você. Falou com você. Sabemos que ele não se lembra de tê-la seguido no exame final de Operações Secretas, nem de ter vindo para cá e sido interrogado. Para ele, a Academia Gallagher é simplesmente um internato para a elite — argumentou minha mãe. — Josh não representa mais uma ameaça à segurança.

Portanto, agora sabíamos que Josh nunca conheceria a verdade. Eu já apanhara muito antes, um monte de vezes, por pessoas que sabiam o que estavam fazendo, mas o golpe das palavras da minha mãe me fez ficar sem ar. Sei que é loucura achar que talvez um dia Josh rejeite DeeDee, a Adorável, e de repente se lembre da verdade sobre mim e me ame do mesmo jeito. Sei que foi um sonho maluco. Mas era o *meu* sonho. E uma parte minha odiou vê-lo morrer.

— Sei que é difícil, filhota — disse mamãe pela última vez. — Por isso achei que gostaria de algo que a distraísse. — E então, puxou de trás da mesa uma grande caixa branca envolvida com uma linda fita azul.

Obviamente já ganhei presentes da minha mãe, bons presentes (primeiras edições assinadas de *Guia da Espiã ao Submundo de Moscou* não crescem em árvores, sabe), mas tive um pressentimento que esse presente era diferente. Como se houvesse, de alguma maneira, uma segunda intenção.

— Vamos, abra — disse mamãe. — Acho que vai dar.

Desatei a fita e a deixei cair no chão. Ergui a tampa da caixa, e retirei as camadas de papel de seda.

— É um vestido — falei, declarando o óbvio. Mas não era um simples vestido. Era vermelho... longo... e tomara que caia! E sei que mães normais provavelmente compram vestidos tomara que caia para suas filhas normais o tempo todo, para bailes e festas de formatura, para concertos de violoncelo e coisas no gênero. Mas, na última vez em que minha mãe tinha usado um vestido desse tipo, estava se arrumando para uma festa de Ano-Novo a bordo do iate de um traficante de armas do Oriente Médio, de modo que alguma coisa nesse vestido parecia... diferente.

— É lindo — falei.

Mamãe foi até o micro-ondas esquentar *burritos* congelados.

— Que bom que gostou. Achei que ficaria bem em você.

Para dizer a verdade, eu não tinha certeza sobre isso, mas não achei que era o momento certo para comentar.

— Hum, mãe...

— Também pensei que poderia vir a calhar daqui a uma semana, mais ou menos.

Fiquei sentada ali, olhando para a caixa, pensando que, independente do que fosse acontecer, seria importante. E requereria traje formal.

Capítulo Quinze

A Academia Gallagher tinha me preparado bem para uma porção de coisas, mas nenhuma delas era vermelha. Ou tomara que caia.

Talvez minha mãe tivesse se esquecido de que eu era a garota que ninguém vê — a Camaleão —, e camaleões simplesmente não andam por aí em vestidos longos e decotados, com saias diáfanas, que esvoaçam quando você rodopia. Era como se minha mãe não soubesse que esse vestido era para alguém que definitivamente quer ser visto.

— Qual o problema, Garota Gallagher? — perguntou Zach quando saímos de PdM, na manhã seguinte, e nos dirigimos a C&A. — Você parece... apreensiva.

Bem, ele também ficaria apreensivo se tivesse ouvido a teoria de Bex de que um grupo terrorista invadiria um baile de fim de ano e nós teríamos que detê-los secretamente, mas obviamente eu não podia falar sobre isso. E, em alguns minutos, depois de nos acomodarmos nas cadeiras Chippendale na sala de Cultura e Assimilação, *ninguém* dizia *nada*.

— O exame para toda a escola... — exclamou Madame Dabney, em pé no centro da sala. Raios suaves do sol da manhã formavam uma aura à sua volta, e sua voz tinha assumido um tom um tanto sonhador, que me fizeram esperar que harpas começassem a tocar enquanto ela bailava. — Ooh, senhoritas — disse ela, e rapidamente acrescentou: —... e senhores. Em todos os meus anos de ensino nesta excelente instituição, nunca tive a oportunidade de organizar uma experiência educacional tão excitante.

Liz estava imóvel, e Eva e Tina foram obrigadas a desviar os olhos dos braços musculosos de Grant.

— Na sexta-feira à noite, todos os alunos do oitavo ao último ano serão convidados para um exame formal. — Madame Dabney esperou, aparentemente, ser aplaudida de pé. — Um baile, senhoras e senhores — explicou depois que ninguém aplaudiu. — Vamos a um baile!

Tina engoliu em seco, os olhos de Liz se arregalaram de uma maneira que só pode ser induzida pela combinação de testes *e* saltos altos. Jonas engasgou e ficou vermelho da cor do vestido pendurado em meu armário — o vestido que eu teria de usar... para o teste!

Devia ser algum erro, pensei. Certamente era Bex quem deveria usar esse vestido, e eu deveria receber instruções para invadir a tubulação suja e infestada de ratos da embaixada russa ou algo parecido.

Com ratos eu sei lidar. Tomara que caia? Bem, digamos que eu seja o tipo de garota que goste de coisas *bem presas, que não caiam.*

— Amanhã, nesta hora, experimentarão vestidos longos. — Sorriu radiante para as garotas. — E smokings

— disse, ao se virar para os garotos. — Na sexta-feira à noite, serão convidados a participar de um exame completo: uma noite que abarcará tudo o que aprendemos. E haverá dança.

Nesse ponto, tenho certeza de que todas as garotas na sala ouviram "dança".

Mas relembrei as palavras de Bex, quando estávamos na Ala Este deserta, e eu, pessoalmente, ouvi "vingança".

Há algo a ser dito sobre Joe Solomon ter vendado nossos olhos no voo para Washington. Afinal, a parte mais difícil em relação a missões confidenciais e clandestinas não é o choque, o medo, ou a turbulência do helicóptero. A parte difícil é a espera. E sei que eu não era a única Garota Gallagher que se sentia dessa maneira, pois na semana seguinte ao comunicado do baile eram tantos os rumores circulando pelos corredores que nem eu mesma conseguia discernir quais eram falsos e verdadeiros.

Por exemplo:

Em vez de prestarmos um exame, como nos disseram que seria, teríamos, na verdade, de nos infiltrar em um baile de formatura que seria invadido por terroristas. FALSO.

Todas as garotas do oitavo ano agora odiavam Macey McHenry, já que todos os garotos do oitavo ano estavam apaixonados por ela. VERDADE.

O *chef* Louis ia servir aperitivos envenenados para que precisássemos preparar antídotos. Ou morrer. FALSO.

A aula de P&CL da quarta-feira concentrou-se em posições defensivas que podiam transformar o termo saia pregueada em "saia *pregada*". VERDADE.

Cera para depilar como tática de tortura em interrogatórios é ilegal pela legislação internacional. FALSO. (Mas se os gritos vindos do banheiro de Tina Walters forem alguma indicação, deveria ser verdade.)

Na sexta-feira de manhã, não se podia passar pelo corredor sem se ouvir no mínimo uma dúzia de conversas envolvendo grampos para cabelo (e não nos contextos usuais de autodefesa e arrombamento de cadeados). Uma parte minha estava um pouco preocupada com o estado da minha irmandade, mas outra parte sabia que metade do êxito de uma missão é determinado antes mesmo de a missão ter início. O trabalho de preparação é importante. E acabou ficando demonstrado que isso é ainda mais válido para missões que envolvem traje a rigor.

— Dá para ficar quieta? — perguntou Macey, segurando meu queixo para manter minha cabeça parada (porque todo mundo sabe que delineador pode ser letal em mãos erradas). Mas como era possível eu ficar ali sentada, agindo como se o delineador fosse a coisa mais importante do mundo? Tínhamos menos de uma hora até o começo do baile, e esse era o tempo que eu costumava usar para estudar química ou rever minhas anotações de OpSec. Será que minhas melhores amigas não sabiam que esse era um exame para a *escola toda,* isto é, que incluía *todas* as matérias, e que essa seria a minha grande chance de redenção?

Mas não. Eu não conseguia estudar por que Liz estava retorcendo meu cabelo de maneira realmente dolorosa, enquanto Macey me deu uma aula de três minutos sobre o estado dos meus poros. Nesse meio tempo, Bex estava ocupada costurando uma das taças à prova de balas do Dr. Fibs em seu sutiã, no lugar do enchimento de espuma. E não pude deixar de pensar: espionagem é difícil. Coisas de garotas são difíceis. Mas duvido que haja algo mais difícil do que coisas de garotas espiãs.

Não quis pensar no que os garotos estavam fazendo, porque... bem... eu tinha visto os smokings pendurados na sala de aula de Cultura e Assimilação, e eram todos pretos. Assim como os sapatos. E as gravatas. E os garotos do Instituto Blackthorne usavam o cabelo quase raspado, logo tive sérias dúvidas de que eles passassem pela mesma coisa. Nada na vida, muito menos a espionagem, é justo.

Eram quase 19 horas. Nossa suíte cheirava a perfume e a aparelhos babyliss, que tinham ficado ligados por muito tempo. Do outro lado do corredor, ouvi Anna Fetterman gritar: "Essa roupa me engorda?", embora ela pesasse 51 quilos. Não era apenas mais uma noite na Academia Gallagher. Não era apenas mais uma noite de exame. E eu não estava pronta, sob vários aspectos.

— Alguém pode fechar meu zíper? — gritou Eva, entrando correndo no quarto, tanto quanto podia correr uma garota com pouco mais de um metro e meio de altura em um salto de 7 centímetros. Tina apareceu perguntando se tínhamos durex (e suspeito que ela precisasse disso para um uso nada tradicional).

Tudo parecia mais brilhante e mais barulhento, e eu não conseguia afastar a sensação de que estávamos nos preparando para sermos testadas de muitas maneiras. Ao colocar o vestido vermelho, sabia que estava na hora de parar de me esconder — mesmo em meu próprio quarto. Tirei da cabeça o fato de ser sexta-feira à noite. E de que, a um quilômetro de distância, um tipo diferente de escola estava se preparando para um baile muito diferente.

Fui em direção à porta e disse:

— Está na hora.

Eu nunca realmente soube como os nossos uniformes se pareciam com *uniformes* até eu estar no alto da escadaria principal e olhar para o *foyer*. Garotas de todos os tamanhos, formas e cores usavam sáris brilhantes e vestidos longos elegantes. Pela primeira vez, vi o que sempre soubera — que, em todos os cantos do mundo, sempre é possível desaparecer.

— Estão adoráveis, senhoritas. — Madame Dabney parou na nossa frente e se virou para a professora Buckingham. — Ah, Patricia, elas não estão lindas? Queria estar com a minha câmera... Talvez dê tempo de eu voltar e... esperem. — Interrompeu-se de repente, como se tivesse acabado de se lembrar de alguma coisa. — Tem uma neste broche. — E então pôs Bex e Macey juntas e bateu uma foto com o alfinete que prendia um lenço de seda ao redor do seu pescoço.

Todas sorriram, e acho que estávamos bonitas. O vestido de Bex era preto, comprido e com tiras nas costas, que realçavam seus músculos; Liz parecia uma fadinha com seu longo cor-de-rosa suave, com a saia rodada. E Macey, é claro, parecia uma supermodelo em seu vestido verde comprido e simples, e o cabelo em um rabo de cavalo. (Eu sei — um rabo de cavalo? Inacreditável.)

As portas da frente se abriram e vi alguns caras do departamento de manutenção entrarem, provavelmente para ajudarem a diminuir a desproporção entre homens e mulheres. (Devo dizer que os uniformes do departamento de manutenção da Academia Gallagher não chegam nem aos pés dos smokings.)

Três dos oito garotos do oitavo ano lançaram-se sobre Macey, suplicando que dançasse com eles. E então ouvi uma voz grave e forte atrás de mim.

— Nossa — disse Zach devagar, me olhando dos pés à cabeça: dos sapatos com que eu não conseguia andar ao cabelo que Bex e Macey tinham insistido em arrumar. Depois, ele se recostou no corrimão e cruzou os braços.

— Não está nada horrorosa.

Com certeza a intenção era elogiar, mas a minha compreensão do dialeto "garotês" ainda era rudimentar e não sabia onde Macey estava, por isso tive de improvisar.

— Idem.

Ai, meu Deus, pensei. Ele está sorrindo para mim? Está rindo de mim? Seria possível que Zach Goode e eu, vestidos a rigor, tivéssemos tido um momento de missão-pré-clandestina?

Talvez sim, mas nunca vou saber, pois nesse instante o meu salto prendeu na bainha do vestido e precisei usar de toda a minha elegância para não dar de cara no chão ou ficar sem vestido (sabe... o *tomara que caia*).

— Devagar, Garota Gallagher — disse Zach, pegando meu cotovelo como Madame Dabney tinha ensinado aos garotos um dia antes.

Puxei meu braço.

— Sou perfeitamente capaz de descer a escada sozinha.

Ficou óbvio que ele tinha se esquecido de que eu também era capaz de jogá-lo escadaria abaixo, mas então Madame Dabney passou.

— Uma dama sempre aceita elegantemente o braço que um cavalheiro lhe oferece, Cammie, querida.

Portanto não tive escolha — não com Madame Dabney ali, tirando fotos nossas com seu broche.

Aceitei o braço de Zach e descemos a escada, rumo ao teste mais importante (e... bem... elegante) que a gente já tinha prestado. Mas Zach estava nervoso? Não. Estava simplesmente sorrindo daquele mesmo jeito sabe-tudo do elevador em Washington.

— Pare com isso.

— O quê? — perguntou ele, parecendo completamente inocente, o que tenho certeza era falso.

— Está gostando demais disso. Está sorrindo de modo estranho.

Chegamos ao *hall* e viramos para o Salão Nobre.

— Tenho um conselho para você, Garota Gallagher. Se não está gostando, é porque está na profissão errada.

E talvez ele tivesse razão. Afinal, eu nunca tinha visto o Salão Nobre tão suntuoso. Pequenas mesas redondas estavam distribuídas em volta da sala, cobertas com orquídeas, lírios e rosas. Um quarteto de cordas tocava Beethoven. Garçons carregavam bandejas de aperitivos quase belos demais para serem comidos. O salão não parecia nada com o de uma escola, e sim com o de uma mansão — perfeito e elegante. Comecei até a achar que talvez fosse uma festa mesmo, que talvez usar um vestido vermelho e dançar em um baile pudesse ser divertido.

Mas isso foi antes de ver Joe Solomon vindo na nossa direção, carregando uma pilha de pastas e com uma expressão inflexível que nos informava que a noite seria exclusivamente de trabalho.

— Olá, senhoras e senhores. Estão todos muito bonitos, mas receio que não tenham acabado de se arrumar — disse meu professor de OpSec.

Posso dizer que é bom mesmo Joe Solomon ser um agente extremamente competente, porque nesse momento sua integridade física ficou bastante comprometida. Afinal, isso não é coisa que se diga a um grupo de garotas que recentemente foi maquiado, perfumado, penteado e depilado. — Acho que ainda não comunicamos que o baile desta noite será uma espécie de *baile de máscaras*.

— Mas não temos máscaras... ou disfarces... ou... — começou Courtney, mas o Sr. Solomon a interrompeu.

— Estes são os disfarces, Srta. Bauer. — Em vez de máscaras, nos entregou pastas. — Lendas secretas, senhoras e senhores. Têm três minutos para memorizar todas as informações na pasta.

Imediatamente, Liz ergueu a mão.

Solomon sorriu.

— Mesmo que não seja da turma de OpSec, Srta. Sutton. Espiões são atores insuperáveis, senhoras e senhores. É o cerne do que fazemos. Portanto, hoje à noite a missão de vocês será simples: ser outra pessoa.

A coisa deixou de parecer uma brincadeira de se arrumar.

Ele fez menção de ir embora, mas então se deteve e acrescentou:

— É um exame, minha gente. Cultura, línguas, observação... Os testes de verdade dessas matérias não têm nada a ver com palavras em um pedaço de papel. Hoje à noite não se trata de conhecer as respostas, senhoras e senhores. Trata-se de *vivê-las*.

Puxei da pilha a pasta com o meu nome e encontrei uma carteira de motorista, um cartão de CPF, até mesmo uma carteira de identidade do Departamento do Estado — tudo com o meu retrato e o nome de outra pessoa.

Sei que tinha começado o semestre com a promessa de ser eu mesma, mas quando abri a pasta na minha frente, vi que não ia a um baile com um vestido vermelho — quem ia era Tiffany St. James, assistente do subsecretário do Ministério do Interior.

E talvez tenha sido a coisa mais confortante que eu tinha ouvido durante todo o dia.

Capítulo Dezesseis

É provável que já tenha ouvido falar em exames complexos, mas... bem, essa foi uma noite complexa. Todas as línguas que havíamos aprendido estavam sendo faladas ao mesmo tempo no Salão Nobre; para todo lado que eu me virava, via alguém fingindo ser de um país sobre o qual o Sr. Smith havia nos ensinado. Era uma balbúrdia de música, sotaques e tinido de porcelana. E eu estava começando a perceber que ter uma outra identidade é muito mais fácil quando se está com pessoas que não conhecem a verdade.

Quero dizer, Tiffany St. James, assistente do subsecretário do Ministério do Interior, supostamente era uma excelente dançarina, mas assim que tentei o foxtrote senti a escola toda me olhando. Provavelmente não ajudou muito que, pela proporção entre garotos e garotas, eu tivesse de dançar com o Dr. Steve.

— Srta. Morgan, está muito bonita — disse o Dr. Steve, o que foi gentil e tal, mas eu sabia o que tinha de dizer.

— Desculpe. Deve ter me confundido com outra pessoa. Meu nome é Tiffany St. James.

O Dr. Steve riu.

— Excelente, Srta. Morgan... Quero dizer, Srta. *St. James*. — Ele sacudiu a cabeça, perplexo. — Simplesmente excelente.

E se já não fosse ruim o bastante a única pessoa que me tirou para dançar — quero dizer, tirou Tiffany — ter sido o Dr. Steve, Zach passou dançando rindo e olhando de relance para mim por cima do ombro de Liz, enquanto ela repetia cada dado de sua nova identidade.

— E tenho o nome de minha avó... e sou Gêmeos... e vegetariana... e...

Zach riu de novo e girou Liz.

Nesse minuto, Josh e DeeDee provavelmente estavam dançando em um ginásio coberto por serpentinas, enquanto eu estava no Salão Nobre de uma mansão. Aposto que o Baile da Primavera de Roseville tinha um DJ, talvez uma banda local, mas eu estava escutando Mozart segundo quatro membros da Filarmônica de Nova York (porque esse é o disfarce deles). Imaginei quando começaria a me sentir como Tiffany St. James, assistente do subsecretário do Ministério do Interior, e pararia de me sentir a garota em um vestido que ela definitivamente não conseguia usar. (Além disso, eu esperava seriamente que o Dr. Steve não me tirasse para dançar um tango.)

A lenda de Courtney Bauer dizia que ela era a princesa de um pequeno país europeu, de modo que a cada minuto sua alteza real insistia em dançar com Grant, que supostamente seria um playboy infame que devia muito dinheiro ao crime organizado russo, e por isso estava se escondendo de Kim Lee, a filha ilegítima de um mafioso.

(O que era triste para Kim, porque sei que ela gostaria de dançar com Grant a semana toda.)

Pensei se todas as danças não teriam esse tipo de drama — se haveria sempre tanta coisa dependendo de quem dança com quem.

Na pista, Bex dançava o tango com o segurança que estava sempre mascando chicletes. Um garoto do oitavo ano tinha encurralado Macey do lado da poncheira e estava tentando agir de maneira madura, dizendo:

— Então, quer ir para um lugar mais particular?

— Depende, você quer preservar a sua mão? — replicou Macey.

De tempos em tempos, o Sr. Solomon parava alguém e perguntava coisas do tipo: "Há quatro homens no salão usando lenços, quem são?", portanto fiquei atenta — observando, escutando. Por isso, não pude deixar de notar que Zach estava dançando com todas as mulheres. Várias. *Até mesmo com minha mãe* (que estava sendo a primeira-dama da França).

Senti-me afundando mais e mais nas sombras da festa, até ouvir alguém gritar:

— Tiffany, aí está você! — Outro dos nossos professores, o Sr. Mosckowitz, apressava-se na minha direção. Mas o Sr. M. é muito novo nessa coisa de lenda, então se inclinou para mim e disse:

— Cammie, devo ser seu patrão. Sou o subsecretário do...

— Sim, Sr. Secretário — falei, antes que ele nos pusesse em apuros.

Madame Dabney passou com uma prancheta.

— Dirige-se ao subsecretário do Interior como Sr. Secretário: correto.

Resisti à tentação de lhe dizer que seu bigode falso causava um excelente efeito. O Sr. Mosckowitz sorriu e me lembrei de que ele passara a maior parte da sua vida trancado no Subsolo da Agência Nacional de Segurança decifrando códigos, mas até mesmo a primeira autoridade do mundo em criptografia gosta de, às vezes, ser alguém.

— Tiffany, recebeu aqueles memorandos que lhe enviei? — perguntou ele, esforçando-se para assumir um ar de patrão. E talvez tivesse funcionado se não houvesse um pouco de caviar no seu bigode.

— Sim, Sr. Secretário. Recebi. — Senti que me tornava Tiffany St. James, o que, no momento, era muito melhor do que ser eu mesma, especialmente quando o Sr. Mosckowitz perguntou:

— Diga-me, Tiffany, está gostando da festa?

— Tiffany é a *alma* da festa — outra voz fez coro.

Não era verdade, em absoluto, mas eu não podia exatamente dizer isso, porque Zach estava vindo na nossa direção, um copo em cada mão.

— Com licença, Sr. Secretário — disse Zach, oferecendo o copo ao Sr. Mosckowitz —, mas acho que esta bebida é sua.

O Sr. Mosckowitz torceu seu bigode até ele se soltar, e então o recolocou rapidamente no lugar.

— Ah, sim. É! — Pegou o copo e se inclinou para mim. — A bebida é minha, não é?

— É — respondi com um sussurro.

— Obrigado, meu bom homem — disse o Sr. Mosckowitz a Zach, e não pude deixar de reparar que o subsecretário de repente tinha se tornado britânico. — Bela festa!

Na iluminação tremulante do salão, vi minha mãe próxima à parede do outro lado. Quis sorrir e acenar, mas

Tiffany St. James não conhecia aquela bela mulher. E algo me fez ficar mais ereta, escutar com mais atenção e desejar que já tivéssemos estudado leitura labial em OpSec, porque, apesar de uns vinte casais estarem dançando entre nós, tanto a espiã quanto a garota em mim perceberam que minha mãe estava preocupada com alguma coisa.

— Não acha, Tiffany? — perguntou o Sr. Mosckowitz, e levei meio segundo para me lembrar sobre o que ele estava falando.

— Sr. Secretário — estava dizendo Zach —, se importaria de me emprestar Tiffany por um momento?

— De maneira nenhuma — replicou o Sr. Mosckowitz, embora Tiffany... quer dizer, *eu*... tivesse se importado e muito.

— Estão tocando a nossa música. — Zach pôs o copo sobre uma bandeja que passava, pegou meu braço suavemente e me conduziu à pista.

A parte ruim em levar a vida como outra pessoa é ter de gostar do que ela gosta, comer o que ela come. Como Tiffany St. James gosta, de fato, de dançar, não havia espaço para argumento. Eu *tinha* de dançar com Zach Goode (afinal, uma Garota Gallagher tem de estar sempre preparada para se sacrificar por seu país).

Em meus saltos altos (muito desconfortáveis), meus olhos alcançavam Zach na altura do seu pescoço. A sua mão era maior do que a minha, e ele cheirava, bem, diferente do Dr. Steve. (Mas isso era bom, com certeza.)

— Você sabe que subsecretário — o Sr. Mosckowitz estava dizendo a Anna Fetterman, quando passamos por eles na pista —, é a posição diretamente abaixo... do secretário. Portanto sou exatamente como o secretário, mas...

— *Embaixo?* — conjeturou Anna, mas acho que o Sr. Mosckowitz não captou a ideia, porque sorriu.

— Pois então me diga, Tiffany St. James — disse Zach. — O que uma garota como você faz para se divertir?

— Eu não lhe disse que me chamava Tiffany St. James — falei, esperando pegá-lo em erro. — Como soube o meu nome?

— Ah — disse ele, erguendo a sobrancelha, parecendo exatamente o charmoso e afável ladrão internacional de obras de arte que ele supostamente era. — Sempre faço questão de saber os nomes de — apertou-me com mais força — belas mulheres.

E então ele me arqueou. Sim — um *arco* de verdade. E piscou o olho. Sim — uma *piscadela* de verdade.

— Vamos lá, Garota Gallagher. — Girou-me suavemente até a posição normal. — Relaxe um pouco.

No lado da sala, Madame Dabney sorriu e assinalou na sua prancheta.

Mas nesse momento, eu era capaz de fazer qualquer coisa, menos relaxar...

— Ei. — Paramos de dançar, e Zach me sacudiu levemente. Sua voz estava diferente. Seu olhar estava diferente. Não foi a sua identidade falsa que perguntou: — Garota Gallagher, você está bem?

Na verdade, nada estava bem...

Porque meu sutiã — você sabe, o *tomara que caia* — tinha aberto.

E começava a escorregar.

Poucas horas antes, eu tinha achado que a coisa mais humilhante do mundo seria esbarrar com seu ex-namorado e sua nova namorada, depois ser salva por um Garoto Blackthorne, e depois descobrir que a turma inteira de OpSec tinha escutado tudo.

Mas estava enganada.

A coisa mais humilhante do mundo era tudo isso ter acontecido e, depois, seu sutiã abrir durante uma dança com o anteriormente mencionado Garoto Blackthorne!

Eu estava a um rodopio do desastre, e Zach continuava a segurar minha cintura, e a olhar nos meus olhos.

— Tenho de ir — falei sem pensar, tentando me soltar.

— Srta. Morgan! — advertiu Madame Dabney, ao passar por nós.

— Quero dizer — falei, virando-me de novo para Zach —, você me dá licença um momento? — Zach não parecia disposto a me dar licença, na verdade parecia querer saber qual era o problema, mas eu só queria desaparecer e levar junto meu sutiã rebelde.

Fiz de novo menção de ir, mas Zach não largou a minha mão.

— Muito obrigada pela dança — falei, e me soltei.

Senti o sutiã escorregar poucos centímetros a cada passo que eu dava em direção às portas. (O vestido, graças a Deus, continuava no mesmo lugar.)

Liz se aproximou e disse:

— Olá, acho que não nos conhecemos. Meu nome é Maggie McBrayer. Sou vegetariana e...

— Agora não, Liz — sussurrei, e andei mais depressa.

Próximo da saída, havia um grupo de garotas do oitavo ano olhando com ódio mortal para Macey, que Madame Dabney tinha forçado a dançar o foxtrote com um dos garotos da mesma série.

O Sr. Solomon me deteve e perguntou qual dos convidados tinha a maior probabilidade de estar escondendo armas. Levei quase uma eternidade para conseguir chegar no *hall* vazio e subir a escada correndo.

— Posso ajudá-la, Srta. Morgan? — perguntou a professora Buckingham, aparecendo no segundo andar.

— Só preciso subir ao meu quarto por um minuto — repliquei, tentando passar por ela. Mas, apesar de seu quadril doente e dedos artríticos, era mais ágil do que uma garota com medo de que qualquer movimento súbito fizesse seu sutiã escorrer dentro do vestido.

— Ah, receio não poder deixá-la fazer isso, Srta. Morgan — disse ela, bloqueando o meu caminho. — A diretora deu ordens para todos os alunos permanecerem lá embaixo durante o exame.

— Mas...

— Sem exceções, Srta. Morgan — advertiu-me Buckingham, e não sei bem por que tive o pressentimento de que Patrícia Buckingham não era o tipo de agente que permitisse uma emergência com um sutiã atrapalhar seus planos.

Bem, obviamente, o Plano B era o banheiro logo depois da biblioteca, mas na metade do caminho, vi uma porta aberta, e o Dr. Steve veio na minha direção.

— Ah, excelente, Srta. Morgan... ou devo dizer *Srta. St. James*... — acrescentou ele com uma piscadela. — Eu estava esperando...

Mas eu não tinha tempo para bater papo com o Dr. Steve, não mesmo, porque senti o sutiã descendo para a minha cintura. As portas do Salão Nobre estavam abertas. Qualquer um poderia sair a qualquer momento. Por isso, falei:

— Desculpe, Dr. Steve, preciso fazer... uma coisa. — Então fiz o que sei fazer melhor: desapareci. Desci um corredor que raramente era usado e penetrei no coração da parte mais antiga da mansão.

O barulho da festa foi diminuindo enquanto eu corria; Beethoven foi substituído pelo som dos meus pés. Corri pelo antigo corredor de pedras, com olhos e ouvidos atentos, até a festa ser completamente eclipsada pelas espessas paredes de pedra e vigas compactas, e eu estar finalmente só... *Supostamente* só. Mas lá estava Zach, recostado na parede, e, por um segundo, ficamos os dois ali, olhando um para o outro. Uma expressão estranha passou por seu rosto.

— Oi, Garota Gallagher. Achei que a encontraria aqui.

O que não era nada bom, porque A) ele tinha parecido só um pouco surpreso por me ver ali — o que significa que sou previsível; e, pode ter certeza, para pessoas no serviço secreto, a previsibilidade é algo muito ruim. E B) tinha certeza de que o sutiã estava por um fio, literalmente! Acho que estava preso na cintura da minha meia-calça ou algo assim, porque o sentia bater nas minhas coxas. (Anotação para mim mesma: descobrir por que a Academia Gallagher é capaz de manufaturar capas de chuva que servem de paraquedas e não um sutiã sem alças que aguente firme durante uma noite de operação secreta.)

— O que está fazendo aqui? — perguntei em um murmúrio.

— Procurando você.

— Por quê? — perguntei, embora eu tivesse certeza de que ele não sabia que eu realmente iria para lá para tirar meu sutiã e escondê-lo na passagem secreta atrás da tapeçaria com a árvore genealógica da família Gallagher. Ainda assim, fiquei a fim de checar, por questão de segurança.

— Porque veio para cá outro dia.

— Ah.

— Achei que era aonde você vem... quando está aflita. — Aproximou-se mais e pôs as mãos nos bolsos, o que é a Introdução à Linguagem de Corpo para deixar o outro à vontade, mas tudo em Zach Goode me deixava inquieta.

Ele era bonito. Ele era forte. E acima de tudo, eu sabia que embora Josh tivesse sido o garoto que me "viu", Zach conhecia minhas passagens favoritas; Zach sabia que eu era uma artista de calçada; Zach sabia onde eu me sentava nas aulas e o que eu comia no salão, e quem eram as minhas melhores amigas. Zach me "conhecia" — ou pelo menos a versão minha que Josh nunca poderia ver.

E talvez fosse essa a coisa mais assustadora de todas. Tão assustadora que me esqueci temporariamente de que não era bom eu ficar ali com a mão no quadril — que a minha mão, na verdade, servia para um propósito diferente — de modo que quando Zach empinou a cabeça e perguntou:

— Então, o que foi, Garota Gallagher?

Estendi o braço para tocar na parede de pedra fria.

E o meu sutiã caiu aos meus pés.

Mas não tive tempo de entrar em pânico ou me preocupar com não poder sair do lugar pelo resto do semestre (ou pelo menos até Zach ir embora), porque uma sirene cortou o ar.

Uma voz mecânica, enunciando as palavras "ALERTA NEGRO ALERTA NEGRO ALERTA NEGRO" ressoaram.

E então, as luzes se apagaram.

Capítulo Dezessete

As sirenes soaram estridentes, perfurando nossos ouvidos, e as palavras "ALERTA NEGRO ALERTA NEGRO ALERTA NEGRO" ecoaram, reverberando sem intervalo no corredor de pedra.

Do meu lado, a tapeçaria com a árvore genealógica da família Gallagher estava se movendo, deslizando lentamente por entre uma fenda nas pedras, que então se fechou como se nunca tivesse existido.

A única luz no corredor era o luar que atravessava os vitrais, porém até mesmo isso estava desaparecendo enquanto a espessas portas de aço deslizavam sobre as janelas.

Embora o protocolo normal diga que alunos devem se apresentar às suas salas comunais no caso de um Alerta Negro, nada nessa noite parecia normal; então, peguei a mão de Zach e me pus a correr para o Salão Nobre, o mais rápido que meus saltos permitiam.

Quando passamos pelas latas de lixo reciclável no fim do corredor, um contêiner com os dizeres SOMENTE

MATERIAL CLANDESTINO INFLAMÁVEL explodiu em chamas.

As máquinas de biscoito que serviam de entradas secretas ao laboratório de ciências submergiram no chão e foram cobertas com pedras idênticas às que ladeavam o corredor.

E então, uma por uma, uma série de lanternas que pendiam quase despercebidas ao longo do corredor se acenderam, sua pálida incandescência amarela preenchendo a escuridão.

— Achei que eram somente decorativas — gritou Zach acima das sirenes.

— Se tudo está correndo bem, são.

— Então, isso significa...

Homens e mulheres da manutenção e da segurança, vestidos a rigor, passaram correndo por nós.

— Tem alguma coisa muito errada.

Estantes de livros se deslocavam nas paredes, portas se fechavam, trancas deslizavam para seu lugar, e eu me esforcei para ser ouvida acima das sirenes.

— É o protocolo de segurança — gritei. — Deve ter havido uma violação. O sistema inteiro é confinado: nada entra.

Então, como se para provar o que eu disse, portas de aço desceram da sanca, lacrando o corredor atrás de nós.

— ...e nada sai.

Quando passamos correndo pela biblioteca, notei um movimento através dos painéis de vidro, e vi que as estantes, os sofás — *a sala toda* — estava girando, espiralando na direção do piso, desaparecendo diante dos meus próprios olhos.

— Isso acontece com frequência? — perguntou ele, e a resposta foi, talvez, o mais aterrador de tudo.

— Não.

Quando chegamos ao *corredor*, vi que as portas da frente tinham sido cobertas com o tipo de metal usado nos foguetes e abrigos subterrâneos para mísseis nucleares. Luzes de ALERTA NEGRO inflamaram-se nas vigas, gerando uma iluminação vermelha sinistra no lugar que me era familiar e que, nesse momento, mal reconheci.

Corri para as portas do Salão Nobre, mas então as sirenes cessaram. O silêncio foi tanto que a escola parecia um túmulo.

As portas do Salão Nobre, de repente, se abriram, e uma centena de pares de olhos e, pelo menos, uma dúzia de holofotes potentes apontaram diretamente para mim. Estreitei os olhos e protegi o rosto contra a luz. E foi quando percebi que Zach não estava mais segurando a minha mão. Olhei de relance para trás, e ele tinha desaparecido.

— Srta. Morgan — exclamou Buckingham quando me viu sozinha no *foyer* escuro e deserto. — Por *onde* andava exatamente? Há um exame acontecendo, Srta. Morgan, sem falar na infração de segurança Nível Quatro. Então, *por que* não estava no Salão Nobre com seus colegas de turma?

Mas antes de eu poder responder, ouvi uma voz chamar: "Cameron!" Olhei para a galeria acima e vi minha mãe olhando para baixo.

— Suba aqui. Já!

A Academia Gallagher é protegida por um monte de coisas: nossos muros. Nossas lendas. E alguns dispositivos elétricos impressionantes que impedem que qualquer frequência penetre no nosso espaço aéreo. Mas naquela noite, alguma coisa — ou alguém — tentou penetrar. Ou sair. De modo que não é de se admirar que minhas pernas tenham ficado um pouco instáveis ao subir a escada.

A professora Dabney estava no alto da escada, iluminando o patamar do segundo andar, e bastou conferir sua expressão severa uma única vez para saber que não era um exercício de treinamento.

Virei no Hall de História, onde eu já tinha visto vitrines girarem e se camuflarem para estranhos. Só que nessa noite não estavam só ocultas — estavam trancadas atrás de portas de aço reforçadas. Paredes tinham engolido prateleiras, e a espada de Gillian Gallagher tinha submergido, protegida por uma abóbada, segura como nosso tesouro mais precioso. Era um lado da minha escola que eu nunca vira, e embora eu sempre tivesse ouvido dizer que o Alerta Vermelho nos protege de estranhos, e o Alerta Negro nos protege de inimigos, a diferença nunca parecera tão grande quanto agora.

— Cameron — chamou minha mãe, da porta da sua sala. Não Cam, não Cammie, não querida ou filhota ou... Bem, já deu para entender. Estávamos no território do nome completo e eu, pessoalmente, estava começando a desejar que as sirenes estridentes voltassem a soar.

— Mamãe, eu não fiz nada!

Mas em vez de uma demonstração de apoio maternal, ela deu um passo para o lado e disse:

— Entre.

Suas estantes tinham sido lacradas com persianas de titânio, os arquivos tinham desaparecido no chão, e no canto, sua caixa inflamável ainda soltava fumaça, mas eu não consegui desviar os olhos dela. Sua expressão não era de decepção ou raiva, mas de algo que nenhuma garota quer ver no rosto de sua mãe superespiã: medo. Ela se sentou atrás da escrivaninha, mais diretora do que mãe.

— O que aconteceu? — ouvi o pânico em minha própria voz. — O que está acontecendo? — perguntei.

— Saiu do Salão Nobre hoje à noite? — A voz que veio atrás de mim me fez dar um pulo e me virar. O Sr. Solomon estava recostado na estante atrás de mim, os braços cruzados, exatamente como eu o tinha visto fazer centenas de vezes em aula. De alguma maneira, no entanto, pressenti que estava para ouvir um tipo muito diferente de discurso.

— Eu não fiz nada — repeti, porque, embora já tivesse cometido algumas infrações de segurança na Academia Gallagher, nunca consegui nada maior do que um Nível Dois. (Eu sei porque Liz entrou no meu arquivo e me contou.)

— Cammie — disse minha mãe, calmamente. — Preciso saber por que saiu do Salão Nobre hoje à noite.

Bem, uma coisa é contar à sua mãe sobre uma emergência com roupa íntima, e outra é contá-la ao seu professor — especialmente um professor como Joe Solomon. Então, encolhi os ombros e respondi:

— Eu... hum... foi... um mal funcionamento... da roupa.

— Ah — disse mamãe, balançando a cabeça.

— E saiu do Salão Nobre? — perguntou o Sr. Solomon, sem parar para perguntar *qual* peça de roupa. — Aonde foi? Quem você viu?

— Mãe — apelei, buscando o olhar dela através da intensidade das luzes de emergência em sua sala —, qual é o problema?

Mas minha mãe não respondeu.

— Tentou deixar a mansão hoje à noite, Srta. Morgan? — perguntou o Sr. Solomon.

— Não — respondi.

— Cam — disse minha mãe. — Você não está com problemas, mas precisamos saber a verdade.

— Não! — exclamei de novo. — Não saí. Aconteceu uma coisa com o meu vestido e deixei o salão por um segundo, e aí... — Mas eles já sabiam sobre as sirenes e as luzes e, por alguma razão, não quis fazê-los lembrar disso.

— O que está acontecendo? — perguntei pela última vez.

Mamãe e o Sr. Solomon olharam um para o outro, minha mãe se levantou e veio se sentar do meu lado no sofá de couro. Ela me puxou para perto e disse:

— Cammie, sabe o que há nesta mansão?

Por um segundo achei que era uma pergunta capciosa, mas então me lembrei do que a mansão continha... Os experimentos, os protótipos, os sumários de missões, e, acima de tudo, os nomes e registros de todas as Garotas Gallagher que já existiram.

— Faz alguma ideia do que aconteceria se a população em geral, sobretudo nossos inimigos, tivessem acesso ao que há dentro destes muros? — perguntou minha mãe. Eu não queria, sinceramente, pensar na resposta. E a verdade era que eu não sabia. Ninguém sabia. E a coisa mais importante do mundo era que tudo permanecesse assim.

— Srta. Morgan, você estava nos corredores hoje à noite antes da violação da segurança — falou o Sr. Solomon. — Precisamos que nos diga *exatamente* o que viu e ouviu.

Eu poderia ter perguntado novamente o que estava acontecendo — de quem suspeitavam e por quê —, mas chega um momento na vida de um espião em que acaba-se parando de fazer perguntas que se sabe que não serão respondidas.

Portanto me sentei no sofá de couro na sala de minha mãe, sabendo que seria exigido muito mais de minha memória do que em qualquer teste que eu já tivesse feito. Fechei os olhos e contei a história toda — da dança com Zach até as portas se abrindo. Não deixei nada de fora.

— Viu Zach? — perguntou o Sr. Solomon.

— Sim. Ele estava me esperando. Devia perguntar a ele se viu ou ouviu alguma coisa — eu disse, mas o olhar de minha mãe não se desviou, nem por um momento, do Sr. Solomon. — Mãe... — comecei, mas minha voz falhou.

— Está tudo bem, querida, não se preocupe. — Ela sorriu e passou as mãos nas minhas costas. Rachel Morgan é provavelmente a melhor espiã que já conheci, por isso, quando se levantou, abriu a porta, e disse que a mansão estava segura e que provavelmente aquilo tinha sido um alarme falso, tentei acreditar nela. Quando me abraçou e desejou boa-noite, tentei apagar a preocupação em minha mente.

Mas então arrisquei um olhar para trás, para o meu professor, que tinha tirado o paletó e afrouxado a gravata, e não pude deixar de pensar que a festa estava oficialmente encerrada.

Depois que saí da sala de minha mãe, atravessando o fulgor vermelho das luzes de emergência, percebi que os corredores estavam vazios e as janelas, vedadas. Esperei ver as garotas correndo, ouvir interrogatórios e milhares de teorias malucas, mas o silêncio ecoava nos corredores quando abri devagar a porta do meu quarto.

Pareceu levar uma eternidade para Bex perguntar:

— O que a sua mãe queria?

Obviamente todas tinham trocado os vestidos longos por pijamas, mas só de olhar para minhas colegas de quarto eu soube que não estavam nada à vontade.

— Queria saber onde eu estava e o que vi. — Livrei-me dos saltos altos apertados e instantaneamente senti meus pés inchando até o dobro do tamanho normal.

— Bem... — disse Bex devagar. — Onde você estava?

E então, contei toda a história — de novo. E, quando terminei, duas coisas ficaram claras: A) Eu precisava seriamente me lembrar de pegar o sutiã assim que acordasse pela manhã. B) Minhas colegas de quarto tinham esperado uma história bem diferente.

Liz sentou-se mais ereta na sua cama.

— Então você não decidiu fugir para ver Josh no baile da primavera?

— Não! — respondi. — Não fui eu! Vocês sabem que eu não violaria a segurança dessa maneira.

— É claro que não foi você — indignou-se Bex. — Você não seria *pega*.

Está bem, não foi exatamente o voto de confiança que eu tinha esperado, mas já era um começo.

— E, além do mais, você nunca sai no meio de um teste — acrescentou Liz. — Então não está encrencada de maneira nenhuma?

— Não.

— E Zach simplesmente desapareceu? — perguntou Macey. — Nem mesmo foi com você à sala da sua mãe?

— Não.

— Cam — disse Liz, e pela primeira vez nessa noite, detectei medo na sua voz —, o que você acha que aconteceu?

Apesar de todo o meu treinamento, experiência e instintos, tudo o que pude fazer foi me arrastar para a minha cama, me enfiar sob as cobertas e admitir:

— Não sei.

E aí as luzes voltaram.

Capítulo Dezoito

Já vivi alguns dias muito desafiadores desde que cheguei na Academia Gallagher (como, por exemplo, a vez em que os exames de arco e flecha caíram no dia da mão não dominante), mas o dia seguinte ao baile foi o mais difícil de todos — por várias razões:

- Embora fosse sábado, ninguém dormiu até tarde, o que significava que as garotas estavam andando de lá para cá nos corredores, tagarelando diante da nossa porta às 7 horas da manhã.

- Mesmo que não houvesse essa barulheira toda, eu provavelmente não conseguiria dormir de qualquer forma.

- A equipe da cozinha tinha sido tão requisitada na noite anterior que o nosso café da manhã foi cereal.

- Todos os preparativos para o baile durante a semana anterior fizeram com que os deveres de casa ficassem atrasados.

- Meu elaborado penteado da noite anterior tornou a lavagem do cabelo e o processo de desembaraçá-lo extremamente difíceis e dolorosos.

- Embora os professores estivessem ocupados divulgando a história *oficial* de que o Alerta Negro tinha sido um alarme falso devido a uma falha na fiação, a história *não oficial* era sobre... mim.

As luzes estavam acesas. A vedação de aço das janelas tinha desaparecido, e tudo na mansão tinha voltado a ser como antes, mas assim que entrei na biblioteca percebi que as coisas estavam diferentes. O esquisito não era o fato de 15 garotas adolescentes estarem lá às 9 horas de uma manhã de sábado. O esquisito foi que, assim que cheguei, todo mundo parou de falar.

Até mesmo Tina Walters deixou cair seu livro e me olhou boquiaberta quando passei pela lareira a caminho da estante dedicada às moedas do mundo (um trabalho que tínhamos de fazer para o Sr. Smith). Passei a mão pela lombada dos livros, até um sussurro infiltrar-se pelas prateleiras.

— Bem, é claro que vão dizer que foi um alarme falso — disse uma voz que não reconheci.

Paralisei-me.

— Obviamente a mãe dela vai protegê-la.

E meu coração parou.

— E nem foi a primeira vez.

Estou acostumada a comentarem a meu respeito... mais ou menos. Quer dizer, sou filha da diretora, minha habilidade como camaleão é muito famosa, e meu namorado secreto tinha me seguido até meu exame final de OpSec, atravessando a parede com uma empilhadeira. Portanto, pode-se dizer que nem sempre passei inteiramente despercebida. Mas nenhuma dessas coisas jamais foi seguida de sirenes, estantes girando, vedação e defesa de toda a mansão, protegendo-a três vezes do que aconteceria com a Casa Branca no caso de uma guerra nuclear.

Na hora do almoço, tudo o que pude fazer foi manter a expressão firme, sem parecer culpada ao me sentar no salão, me sentindo nem um pouco camaleônica.

Não podia culpá-las inteiramente. Afinal meu ex-namorado *tinha* me convidado a uma festa em Roseville. Violei a segurança da escola algumas vezes para ver esse mesmo namorado. Portanto não é de admirar que, quando me sentei à mesa do salão para comer a minha lasanha no almoço daquele dia, a escola toda estivesse olhando... para mim.

— Como isso aconteceu? — perguntei com um sussurro às minhas amigas.

— Bem, todos sabem que você escapava para ver Josh, e sabem que ele a convidou para uma festa — disse Liz, sem entender a ideia de "pergunta retórica". (Liz gosta demais de perguntas para deixar alguma sem resposta.)

— E então houve a violação da segurança, e o que vimos, em seguida, foi você ali... parecendo...

— Culpada — completou Bex, resumindo muito bem a noite.

— Cam — disse Liz, se aproximando mais. — Não é tão grave. Ninguém acha que você fez de propósito.

Bex encolheu os ombros.

— Mas todo mundo acha que você fez.

Já tinham existido Garotas Gallagher traidoras, mas ninguém jamais falava sobre elas. Raríssimos são aqueles que até mesmo sabem seus nomes. Mas, naquele momento, eu me senti uma delas — ou pelo menos como se as pessoas achassem que eu era uma delas.

— Então, Cammie — disse Tina, sentando-se do meu lado —, é verdade que não estava saindo escondida para ver Josh...

— Isso mesmo, Tina, eu não estava — repliquei, de certa forma aliviada por tirar esse peso das minhas costas. Tina, no entanto, nem mesmo pareceu me ouvir, pois simplesmente continuou:

— Porque, segundo minhas fontes, em vez de ir ao baile na cidade, você estava, na verdade, saindo para participar de uma missão para a CIA.

— Tina! É claro que não.

— Sério?

— Não, Tina. Eu não estava saindo às escondidas para ir à festa em Roseville. Não estava saindo às escondidas porque a CIA precisava de mim. *Eu não estava saindo!*

Tina revirou os olhos.

— Tina, estou falando sério — falei rispidamente. — Pode perguntar à minha mãe — propus, mas ela não pareceu assim, digamos, muito convencida. — Pode perguntar ao Zach.

E isso prendeu a sua atenção.

— Você estava com Zach? — perguntou com um sussurro. — Você estava com Zach! — gritou Tina, e foi para onde os garotos se sentavam, no extremo da mesa comprida.

Fingi não estar olhando, sem dar importância. Mas não era verdade.

— Então, Zach. — Tina inclinou-se sobre Zach, enquanto ele comia. — É verdade que você estava com Cammie na noite passada, durante o Alerta Negro?

— Cammie? — perguntou Zach, parecendo confuso. — Morgan? — perguntou de novo, e riu. — Por que eu estaria com *ela*?

Achei que minha garganta ia travar. Achei que minha cabeça ia explodir com a raiva e o constrangimento que estavam subindo pelo meu rosto. Mas essa não foi a pior parte. A pior parte foi que Tina acreditou nele. Olhou para ele, depois para mim, e pareceu saber que um garoto como Zach não estaria com uma garota como eu.

— Sim, é claro, eu a vi na festa — prosseguiu Zach. E então riu, de novo aquele seu meio sorriso sacana. — Mas eu não estava *com* ela.

A espiã em mim teve vontade de utilizar alguma tática de interrogatório altamente ilegal (talvez passar cera no corpo dele todo) e obrigá-lo a dizer a verdade. A garota em mim... bem... ficou simplesmente sentada ali, atônita e constrangida demais para dizer qualquer coisa.

— Zach — comecei, mas ele simplesmente se levantou e deixou a mesa.

— Até mais — disse, como se mal me visse.

Senti todos os olhos se voltarem para mim, e nesse momento, eu era a Garota Gallagher mais visível em toda a sala.

Há muitas coisas de que gosto em relação ao celeiro de P&CL, como por exemplo a maneira como a luz se infiltra pela claraboia, e como, às vezes, os pássaros no inverno fazem seus ninhos nas vigas e dá para ouvir seus pios no meio de todos os grunhidos e chutes. (Não gosto necessariamente da parte de se estatelar sobre cocô de passarinho, mas esse é somente mais um incentivo para você se manter em pé.) Nesse dia, entretanto, do que mais gostei no celeiro de P&CL foi ser um lugar onde se podia — e era até mesmo esperado — *bater nas pessoas.*

— Mentiroso! — gritei ao entrar. A luz banhava o antigo madeiramento, e o espaço todo parecia chamejar.

Mas Zach simplesmente parou, por um segundo, de socar o saco pesado.

— Espião — disse, como se isso consertasse tudo. O que, pode ter certeza, não consertou.

Primeiro, havia o fato de ele ter mentido a um membro da irmandade, e embora, tecnicamente, ele não fosse uma irmã, isso simplesmente não se faz. E ele também havia me humilhado totalmente na frente da escola toda.

Aí, pensei nas possibilidades que me assombraram do salão até o celeiro de P&CL: ou Zach não queria admitir estar sozinho comigo, ou sabia mais sobre o que tinha acontecido na noite passada do que estava disposto a admitir. No momento, não sei qual possibilidade era pior; tudo o que realmente sabia era que, em ambos os casos, Zachary Goode tinha algo a esconder.

Seus punhos acertavam o saco com precisão e segurança. Pequenas gotas de suor escorriam pelo lado do seu rosto até a esteira sob nossos pés.

— Zach! — gritei como se, quem sabe, ele tivesse se esquecido de que eu estava ali. — Você *sabe* que não violei a segurança ontem à noite. Você sabe que não provoquei o Alerta Negro.

Olhou para mim e replicou:

— Ah, achei que tinha sido um alarme falso — replicou, obviamente não acreditando de jeito nenhum que tivesse sido um alarme falso.

Acertei o saco com toda a minha força, e Zach ergueu a sobrancelha.

— Nada mau. — Deu a volta para segurar o saco. — Agora golpeie com o ombro.

— Sei como fazer — respondi bruscamente.

— Sabe? — perguntou ele sorrindo o mesmo sorriso gozador, com uma piscadela. E então, não sei se foram os nervos ou a TPM ou apenas a fúria de uma mulher desprezada, mas me preparei e chutei com força o saco, que atingiu Zach no estômago. Por um segundo, ele ficou ali, curvado, tentando recuperar o fôlego. — Muito bom, Garota Gallagher.

— Não me chame de...

— Ouça — interrompeu-me Zach, dando a volta e colocando as mãos em meus ombros. — Você realmente quer que todo mundo saiba que estávamos juntos? — Fez uma pausa. — Não acha que o que aconteceu ontem à noite talvez não seja da conta de Tina Walters?

Francamente, 24 horas antes eu teria odiado a ideia de Tina Walters achar que Zach e eu estávamos juntos, mas tudo parece diferente depois que se vê o lado ruim do mundo.

— Além disso — prosseguiu Zach, sorrindo e enxugando o suor do lábio superior com as costas da mão —, achei que preferisse que seus interlúdios permanecessem secretos e misteriosos. Seus namorados particulares.

— Não estávamos tendo um *interlúdio*. E você *não* é meu namorado.

— Sim. — Bateu no saco com mais força. — Eu notei.

— O que quer dizer com isso?

Zach parou. O saco balançava de lá para cá, mantendo o ritmo de sua cabeça sacudindo ao dizer:

— Você é uma Garota Gallagher. Consegue encontrar a resposta.

Garotos! São sempre tão impossíveis? Sempre dizem coisas cifradas, indecifráveis? (Anotação para mim mesma: trabalhar com Liz para adaptar seu tradutor garotês-para-inglês de uma forma mais móvel — como por exemplo um relógio ou um colar.)

— Além disso — falou Zach —, na minha escola, aprendemos a guardar segredos.

— Sim. Eu sei. Frequento uma escola igual a sua.

Ele olhou para mim.

— Mesmo?

Descobri um monte de passagens secretas em meu tempo de Garota Gallagher. No sétimo ano, quase sempre me cobria de poeira e teias de aranha enquanto puxava alavancas e empurrava pedras até desencavar uma versão da minha escola que provavelmente não era vista desde que a própria Gilly tinha vagado por nossos corredores.

Mas, quando descobri um túnel estreito que levava a uma sala secreta do outro lado da sala de minha mãe, fiz uma promessa a mim mesma de que não a usaria — de que nunca ouviria às escondidas. Mas essa noite me pareceu uma exceção.

    A poeira pairava densa no túnel. Meus ombros arranharam-se em pedras antigas e vigas de madeira áspera. A luz passava pelas brechas nas pedras à medida que a passagem se alargava, e logo eu estava procurando minha mãe pelas rachaduras, embora já visse o Sr. Solomon.

    — Acha que alguma das garotas percebeu? — perguntou ele.

    — A respeito de Blackthorne? — perguntou mamãe, e o Sr. Solomon confirmou com um movimento da cabeça.

    — Não. Mas se uma delas souber a verdade, todas ficarão sabendo.

    O Sr. Solomon riu.

    — Provavelmente está certa. — Espreguiçou-se no sofá. — Ainda acha que é uma boa ideia?

    Mamãe andou até sua mesa.

    — É o que temos de fazer. — Virou-se e olhou a distância. — Por todos.

    A caminho da nossa suíte, evitei as escadas agitadas e os corredores cheios de gente — não por causa dos olhares e sussurros, mas porque queria pensar sobre como Zach aparecera durante o Alerta Negro; queria me lembrar da longa e silenciosa viagem a Washington, D.C. e do rosto preocupado de minha mãe. E, mais do que tudo, queria me fazer a pergunta que se agigantava no fundo da minha mente desde que vira Zach pela primeira vez em Washington: afinal, quem realmente eram aqueles garotos?

Tudo o que tínhamos era uma foto do Sr. Solomon em uma camiseta e a palavra de minha mãe de que precisávamos forjar amizades para o futuro. Isso não mudava o fato de a Academia Gallagher não ter tido um Alerta Negro desde o fim da Guerra Fria — até *eles* aparecerem. Isso não mudava o fato de Zach ter olhado Tina nos olhos e mentido.

Vinte e quatro horas antes, eu estava num corredor frio e vazio, achando que Zach me conhecia, embora eu não o conhecesse. Na verdade, não conhecia nenhum deles, e não gostava disso. Não gostava mesmo.

Abri a porta da nossa suíte e anunciei às minhas colegas de quarto:

— Temos trabalho a fazer.

Capítulo Dezenove

Eu sei o que você está pensando. E a verdade é que talvez eu tenha pensado isso, também. Quero dizer, não é como se tivéssemos muito tempo livre e procurássemos um projeto para crédito extra. Não é que eu goste de ser chamada a Washington e interrogada pela CIA. Não procuro problemas, mas não consegui afastar a sensação de que os problemas talvez nos procurassem, atravessassem os portões da frente e penetrassem na Ala Leste. E, embora houvesse cerca de um milhão de razões para esquecer aquela coisa toda... não esquecemos. Em vez disso, esperamos, vigiamos, e uma semana depois estávamos prontas. Mais ou menos.

— Digam-me por que esta *não é* uma péssima ideia — perguntei em um murmúrio na passagem escura. Teias de aranha pendiam a cada centímetro de mim. Meu cinto de ferramentas estava apertado demais, e Liz não parava de pisar nos meus calcanhares, emitindo guinchos agudos (todo mundo sabe que ela tem medo de aranha).

— Bem, eu acho tremendamente brilhante — replicou Bex. Também era tremendamente arriscado, e isso, eu sabia, contribuía para a animação de Bex.

Eu não queria ter que lidar com essa história de maneira tão direta. Falo sério. Achei que poderíamos ver as certidões de nascimento deles ou fazer outras coisas-menos-intrusivas. Mas, quando estava na passagem secreta que levava à Ala Este, não consegui deixar de me sentir muito intrusiva.

— Garotas, infringir uma dúzia de normas não é uma boa maneira de, vocês sabem, provar que não infringi nenhuma norma — propus.

Mas Bex apenas sorriu no corredor escuro e empoeirado.

— É uma boa ideia se não formos pegas. — Passou por cima dos sensores de movimento que o departamento de segurança devia ter instalado durante as férias de inverno. — E eu não pretendo ser pega.

Parei no corredor, senti Liz, depois Bex colidiu comigo enquanto eu me concentrava buscando algo — qualquer coisa — que nos servisse de desculpa para dar meia-volta.

— E se eles não tiverem realmente saído? — perguntei.

— Saíram — disse Bex.

— Mas não devemos esperar? Só tivemos uma semana de preparação. Não conhecemos seus padrões de comportamento, ainda. Não...

— Cam, já lhe disse — interrompeu Liz. — O Dr. Steve está fazendo uma espécie de exercício de aproximação do grupo. *Tem* que ser hoje à noite.

E ela tinha razão, como sempre — o que não fez eu me sentir melhor.

Sumário da Vigilância

As Agentes empreenderam uma operação de alto risco que poderia levar a respostas... ou à expulsão... ou às duas coisas.

— Não se preocupe, Cam — sussurrou Bex. — Não é tão diferente de quando arrombamos a casa de Josh.

Agachei-me no respiradouro que nos levaria para dentro dos quartos dos garotos e estendi a mão para pegar o pequenino frasco de spray que levava para casos de emergências (só que não do tipo para cabelo) e borrifei na área ao redor da grade. A rede dos minúsculos detectores de movimento bruxuleou nos vapores.

— Sim — sussurrei. — Exatamente como na casa de Josh.

Liz enganchou um dispositivo nos circuitos a laser, e observei os raios vermelhos desaparecerem. E não havia nada entre nós e a ala proibida — entre nós e, possivelmente, as respostas.

Mas essa é a questão da busca ilícita, conhecida como *black bag job*: 1) não é preciso, na verdade, carregar uma bolsa preta para arrombar e obter informações secretas (mesmo que elas sejam úteis), e 2) não importa o quanto são claros os seus objetivos, nunca se fica cem por cento seguro do que se está procurando. Afinal, seria bom encontrar um arquivo com a etiqueta PLANO ALTAMENTE CONFIDENCIAL PARA SE INFILTRAR E DESTRUIR A ACADEMIA GALLAGHER, mas eu teria ficado satisfeita com qualquer pista sobre os garotos que agora frequentavam a nossa escola; teria ficado satisfeita com uma fotografia que me mostrasse o *verdadeiro* Zach Goode.

Quando escorregamos pelo respiradouro e caímos no chão da sala comum, Bex disse:

— Ok, Liz, comece pelos computadores. Cam, você e eu... — Mas então sua voz sumiu. Ela parou e olhou espantada. Nós três tínhamos oficialmente chegado aonde nunca nenhuma Garota Gallagher chegara antes, e ali, em pé, só pude pensar que nada no nosso treinamento tinha nos preparado para... aquilo.

Tínhamos estado nesses quartos há apenas algumas semanas, mas agora tudo parecia menor. Mais verde, também (mas isso era provavelmente porque estávamos usando óculos de visão noturna). E...

— Meu Deus. — Pela primeira vez não pude culpar Bex de ser tão dramática.

O luar atravessava as janelas. Alguém tinha deixado um abajur de mesa aceso no canto do quarto. Retirei os óculos, deixando minha vista se acomodar à luz fraca enquanto olhava em volta. As esperanças de Liz de analisar cientificamente o comportamento típico de garotos adolescentes teriam de esperar, porque uma única olhada nesse espaço foi suficiente para nos mostrar que esses não eram garotos típicos.

— Os garotos costumam ser tão... — começou Liz, mas não conseguiu encontrar as palavras para concluir o seu pensamento.

— Limpos? — sugeriu Bex, parecendo muito aborrecida, porque ninguém aprecia tanto um pouco de "bagunça" quanto Rebecca Baxter (e digo isso como alguém que morou com ela por quatro anos).

Havia oito suítes, onde encontramos sapatos recém-engraxados e camas feitas com o esmero de um hospital: as cobertas lisinhas, enfiadas para debaixo do colchão. Livros e cadernos perfeitamente empilhados em cima das mesas. Não havia meias no chão; nenhum calendário com fotos de mulheres ou números antigos de *Sports Illustrated*. Parecia mais um quartel de soldados do que quartos de garotos, e me arrependi instantaneamente de deixar Macey do lado de fora, como vigia, porque se alguma vez precisamos de uma especialista em garotos residentes da Academia Gallagher, foi essa.

Tudo era provisório e estéril, e a cada passo eu tinha mais certeza de que os Garotos Blackthorne estavam simplesmente de passagem. O que era um pouco reconfortante e, ao mesmo tempo, um bocado confuso. Por que estavam ali?

Liz acomodou-se no primeiro computador que viu, tirou um CD do bolso e começou a fazer o upload de um programa *spywear* que a Agência Nacional de Segurança estava querendo comprar dela há anos.

— Criptologia de 116 bits? — disse ela, parecendo chocada e um pouco desapontada quando chegou ao *firewall* da máquina.

— Talvez a desafiem na próxima vez, querida — disse Bex ao correr para o primeiro banheiro que viu, pegando uma pinça em seu cinto de ferramentas e se pondo a arrancar cerdas das escovas de dentes para uma análise do DNA (no caso de os garotos serem verdadeiras máquinas de espionagem produzidas biologicamente ou algo assim). Olhei as paredes e mesas vazias, procurando retratos de família ou cartas de casa; coisas que, mais do que impressões digitais e DNA, nos diriam quem realmente eram esses garotos.

Quando olhei no primeiro armário, percebi algo.

— Estas calças estão novinhas em folha — falei. — Os sapatos também. — Pensei no meu próprio armário: metade das blusas do meu uniforme tinha manchas em algum lugar no tecido branco. Meus suéteres eram todos confortáveis e estavam muito usados. Virei-me para Bex. — Quais são as probabilidades de 15 garotos, de diferentes idades, receberem seus uniformes ao mesmo tempo?

Ela encolheu os ombros e procurou na sua bolsa um par de fios pequeninos presos a pequenas esferas de vidro, exatamente do tamanho e forma dos botões de plástico presentes nos detectores de fumaça da Academia Gallagher.

— Bex — gritei —, não podemos colocar câmeras nos quartos deles.

— Uma foto vale mais do que mil palavras — disse ela, fingindo inocência.

— Só aparelhos de escuta — avisei, porque, apesar de ser uma futura agente do governo altamente inquisitiva, não estava disposta a ir tão longe por uma causa própria. Ainda.

— Está bem — respondeu ela com um suspiro, retirando as câmeras e restaurando os diminutos microfones que haviam me dado um A no exame final do meu primeiro ano. (Atualmente estão sendo usados pelo Ministério da Defesa.)

É realmente uma arte plantar escutas. Infelizmente o Sr. Solomon ainda não nos ensinou essa matéria, mas fizemos todas as coisas óbvias, como pôr rastreadores nos sapatos dos garotos e pó para impressões. Você entende, o básico. Nem mesmo o quarto do Dr. Steve — ou sapatos — ficaram imunes à nossa habilidade. (Anotação mental: nunca mais se oferecer como voluntária para investigar a gaveta de roupa de baixo do Dr. Steve!) Dez minutos depois, estávamos quase terminando. Fui para a passagem e Bex me passou os fios pelas tomadas elétricas.

Comecei a voltar pelo comprido e empoeirado corredor, a fiação me seguindo enquanto eu me encaminhava para o nosso novo posto de observação (isto é, a sala secreta que descobri durante as férias de primavera no nosso primeiro ano). Estava justamente começando a pensar que conseguiríamos fazer tudo sem problemas, quando escutei:

— Ah, Srta. McHenry, esta é uma excelente ideia, simplesmente excelente!

Dr. Steve. Ouvi a voz do Dr. Steve pela tubulação de aquecimento, o que significava que ele estava no corredor. No corredor que levava aos quartos dos garotos. Os quartos em que Bex e Liz estavam!

— Temos de ir, garotas — falei. — Abortar! — Então me lembrei dos bloqueadores de sinais dentro dos limites da Academia Gallagher: não estávamos usando unidades de comunicação e Bex e Liz não podiam me ouvir. Não teriam ideia do que estava acontecendo a menos que tivessem escutado o Dr. Steve e Macey no corredor.

— Mas, Dr. Steve — Macey praticamente gritou —, esperava poder falar com o senhor só por alguns minutos.

— Agora não, Srta. McHenry — replicou o homem. — Receio ter somente um segundo para passar no meu quarto antes de voltar para junto dos garotos.

Pressionei-me contra a estante que serve como uma das entradas da passagem e vi o Dr. Steve estender a mão para a maçaneta, enquanto Macey tentava bloquear o seu caminho.

— Mas só preciso de um minuto — choramingou ela, como a menina mimada que ela teoricamente seria.

— Talvez possamos conversar amanhã, Srta. McHenry — disse o Dr. Steve, dando um tapinha no seu ombro.

Ele estava perto da porta. Muito perto.

Eu não podia arriscar, então larguei meu cinto de ferramentas ali mesmo, empurrei a estante, e passei para o corredor atrás do professor.

— Olá, Dr. Steve — falei. Quando ele se virou, Macey instantaneamente parou de se lamuriar e me lançou um olhar "A área está limpa?", mas é claro que não estava.

— Ah, ótimo — falei para Macey. — Encontrou-o.

Isso pareceu prender a atenção dele.

— As senhoritas estavam me procurando?

— Na verdade, *eu* estava procurando o senhor.

— Sim — Macey disse, entendendo. — Cammie realmente precisa conversar.

— Então é algum tipo de emergência? — O Dr. Steve balançou a cabeça como se isso confirmasse um perfil psicológico profundo e sombrio a meu respeito. — Entendo — disse, como homens que não estão entendendo absolutamente nada costumam dizer.

A Agente foi capaz de neutralizar a ameaça imediata à operação fingindo uma aflição mental grave — o que foi mais fácil do que tinha imaginado, já que estava se sentindo aflita e perturbada mentalmente.

Infelizmente, uma das leis básicas da física (assim como da espionagem) é que cada ação gera uma reação igual e oposta, e percebi tarde demais que o Dr. Steve estava esperando algum tipo de emergência. E eu precisava lhe oferecer uma.

— De certa maneira — repliquei, tentando soar tão dramática quanto Bex. — Acho que sabe que sofri uma decepção amorosa.

Sim, é verdade — eu disse isso. Chame de nervosismo ou tempo de preparação insuficiente, mas por alguma razão, essa é a parte da minha alma que escolhi expor a um homem que insiste em que o chamemos de "Dr. Steve".

— Bem, decepções são muito comuns na sua idade, Srta. Morgan. Nada com que se preocupar, tenho certeza. — Fez outro movimento em direção à porta, e pensei em todas as maneiras que poderia usar para detê-lo (19), quando Macey segurou o meu braço.

— Foi o que eu disse a ela, Dr. Steve. — Macey afastou-se da porta. — Obrigada.

Fiz menção de protestar, de ganhar alguns segundos, mas Macey segurou meus ombros e me virou para ver Bex. E Liz. As duas estavam sorrindo.

Capítulo Vinte

Sumário da Vigilância

Agentes: Cameron Morgan, Elizabeth Sutton, Rebecca Baxter e Macey McHenry.

Para averiguar a natureza da violação de segurança Nível Quatro que resultou no Alerta Negro, As Agentes empreenderam uma missão de reconhecimento rotineira que as levou a penetrar fundo em território inimigo (isto é, a Ala Leste), quando observaram o seguinte:

    Os alunos do Instituto Blackthorne (a partir daqui referidos como Os Suspeitos) estabeleceram residência na Academia Gallagher para Garotas Superdotadas.

    Apesar de não ter sido encontrado nada de natureza incriminadora, Os Suspeitos demonstram um gosto questionável relativo à capacidade para atividades de lazer, na medida em que uma busca em sua residência revelou NENHUM aparelho de televisão e um excesso de parafernália para lustrar sapatos.

A análise do DNA revelou que Os Suspeitos são, de fato, do sexo masculino e, aparentemente, não são produto de nenhuma espécie de experimento de clonagem.

A análise das impressões digitais, entretanto, revelou que são indivíduos do sexo masculino que não têm nenhum registro em nenhum banco de dados do governo — nem mesmo nos REALMENTE confidenciais. (É claro que nós também não.)

Companheiros conhecidos: Os Suspeitos supostamente são amigos, assim como o Dr. Steven Sanders (isto é, o "Dr. Steve"), Ph.D.

Se não tiverem êxito na espionagem, os alunos do Instituto Blackthorne certamente terão futuro na indústria de tarefas domésticas.

A análise do lixo revelou que Os Suspeitos usam fio dental de maneira excessiva para garotos adolescentes. (Estarão usando-o para propósitos clandestinos tais como cabos muito finos, transparentes, para rapel?) Além disso, não reciclam.

Não estou cem por cento certa, mas acho que muitas garotas fantasiam ser uma mosca na parede do quarto de um garoto. Bem, vou dizer uma coisa: a fantasia é seriamente superestimada. (E temos 272 horas de escuta para provar isso.)

Afora termos escutado um dos garotos do oitavo ano se gabar de que Macey o tinha beijado durante o Alerta Negro (mentira de que se arrependeu seriamente durante P&CL), tudo o que pudemos fazer foi esperar. E observar. E não nos esquecer de que, de todas as qualidades necessárias a um bom espião, a mais importante é a paciência.

Afinal, é fácil permanecer interessado em um alvo quando ele está para comprar armas nucleares no mercado negro. Já quando ele vai ao dentista, nem tanto. De modo que escutamos os garotos debaterem sobre jogadores de beisebol e tipos de sanduíches, fomos à aula, e esperamos. Depois de quase duas semanas escutando e testando DNA, voltamos ao ponto de partida. A única coisa que sabíamos era que os garotos pareciam ser feitos de fumaça.

Não havia nada a fazer a não ser segui-los no caminho para a aula de OpSec. Zach, Grant e Jonas estavam seis metros à nossa frente quando saímos da aula de Madame Dabney e descemos a escada. Liz piscou os olhos algumas vezes e sussurrou:

— Eles são reais, não são? Eu não sonhei com eles, simplesmente, certo?

— Ah, sim — replicou Bex. — São de *carne* e osso.

— Só porque Grant chama você de Granada Britânica...

— Liz! — adverti. — Psiuu!

Ela baixou a voz.

— Por que não conseguimos descobrir nada sobre eles? — À essa altura, para Liz, não se tratava simplesmente de uma questão de segurança nacional. Era uma questão de honra. Liz tinha um problema que sua genialidade não conseguia resolver.

E, para dizer a verdade, eu também não conseguia entender. Afinal, Liz pode decifrar qualquer código; Bex pode convencer qualquer um a fazer o que for; e eu posso passar despercebida mesmo às claras, desde que aprendi a andar: temos nossos talentos secretos!

Mas quando Bex e eu paramos diante do elevador para o Subsolo Um e Liz foi para o laboratório, não consegui deixar de me perguntar como uma escola para garotos espiões pode existir tão secretamente que nem mesmo um grupo de espiãs consegue descobrir onde ela fica.

— Precisamos fazer mais alguma coisa — sussurrou Bex quando o elevador abriu no Subsolo Um. — Temos de ir mais fundo!

Antes que eu pudesse responder, o Sr. Solomon entrou na sala.

— *Assets*. — Arregaçou as mangas e foi para o quadro. — Defina o termo, Srta. Alvarez.

— Um *asset* é um indivíduo recrutado e utilizado por um agente para conseguir informação secreta — recitou Eva.

Nosso professor agiu como se não a tivesse escutado. Sua voz baixou.

— Prestem bem atenção — disse ele, como se alguém na sala não estivesse prestando atenção. — A coisa mais importante que todas vocês devem sempre fazer é *levar as pessoas a confiarem em vocês*. Vão se tornar alguém que não são, para fazerem amizade com alguém que odeiam. — Examinou todas nós. — Desenvolvemos *assets*, senhoras e senhores. Procuramos pessoas que têm informações que queremos e as conseguimos — prosseguiu ele. — Ou as convencemos a dá-las a nós. Encontramo-nos com traidores. — Fez uma pausa. — Mentimos.

Queria poder dizer que a náusea que estava sentindo era provocada por eu ter me comprometido com uma vida de fraudes e traição. Mas nada disso era tão aterrador quanto a expressão no rosto de Bex quando se virou para mim e sussurrou: *Fase Dois*.

Naquela noite, a sala secreta se transformou de um espaço antigo e abandonado em um posto de observação supermoderno. As paredes estavam forradas de Evapopaper. O som dos garotos enchia o ar, enquanto minhas colegas de quarto e eu ouvíamos com atenção por meio dos aparelhos de escuta na Ala Leste, e fazíamos listas de garotas, aulas e oportunidades para "desenvolver um pretexto plausível para uma relação", o que é muito primário em espionagem. E talvez muito primário também em relação a garotas. E estaria tudo bem — seria tudo muito bom — se não houvesse uma linha marcando *Zach* ao lado de uma seta indicando *Cammie*.

— Bex devia fazer isso. Ela é a melhor atriz. — Virei-me para Bex. — Você é bem melhor em assumir identidades do que eu... e flertar... e...

— *Estou* fazendo isso — disse Bex. — Com o Grant. — Apontou para o gráfico. — E outro do último ano, de cabelo ondulado. E...

— Mas Zach é o nosso principal suspeito — exclamei. — Por que tem de ser eu a me aproximar dele?

Minhas três amigas se imobilizaram ao meu redor, e nem Bex nem Liz souberam o que responder. Mas Macey simplesmente encolheu os ombros.

— Porque há cem garotas e quinze garotos nesta escola, e por alguma razão, ele está sempre voltando para *você*. — Ergueu uma sobrancelha. — Você é o gênio, Cam — disse ela. — Faça as contas.

Pensei no elevador em Washington; na maneira como Zach pediu que eu fosse sua guia; e finalmente, na maneira como me olhava quando esbarrei com ele no corredor, logo antes de as luzes se apagarem. Zach realmente ficava voltando a mim, e todo bom espião sabe que coincidências não existem... somente planos, missões e mentiras.

— Portanto — prosseguiu Bex — ou ele é um agente ardiloso tentando usá-la para propósitos clandestinos, ou...

Liz interrompeu-a.

— Ele está *a fim* de você!

E imediatamente comecei a torcer para que o interesse de Zach por mim fosse por ser um agente ardiloso em missões clandestinas, porque... bem... com missões clandestinas eu consigo lidar.

A Agente esperou até o momento oportuno (quando saía do salão de chá) para abordar O Suspeito.

— Oi, Garota Gallagher — disse Zach, e me lançou seu típico sorriso sabe-tudo. — Em que posso ajudá-la?

Eu me concentrei bastante. Convoquei minha superespiã interior.

— O Sr. Smith disse que o trabalho de fim de semestre precisa ser um projeto conjunto. E minha mãe disse que eu devia fazer um esforço para "abraçar a natureza colaboradora dessa experiência de troca" — falei, como se estivesse citando textualmente, em vez de improvisando.

Zach ergueu as sobrancelhas.

— E você quer me abraçar?

— Somente no sentido acadêmico. Olha, quer fazer esse projeto ou não?

Senti os olhares das garotas que passavam por nós. Uma das coisas terríveis em se ser espiã: quando as pessoas estão olhando e comentando sobre você nas suas costas, você é treinada para notar.

— Então? — perguntei, sentindo-me mais sob controle de novo.

— É claro, Garota Gallagher. — Ele prosseguiu pelo corredor, esperando até a metade do oitavo ano estar entre nós, para gritar: — Encontro marcado!

Capítulo Vinte e Um

Eu tinha um encontro! (Mais ou menos.) Com um agente inimigo! (Mais ou menos.) A garota em mim estava animada e aterrorizada, mas meu eu de espiã sabia que seria a minha missão clandestina mais importante até hoje.

Há não muito tempo, eu tinha achado que namorar e mentir para o garoto mais doce, mais fofo, mais generoso do mundo, fosse me preparar para uma vida de fraude, mas agora sei que estava enganada. Totalmente enganada. Porque ficou demonstrado que verdadeiros espiões não fazem a vida mentindo para garotos fofos. Não. As mentiras mais sérias acontecem com outro tipo de garotos.

— Ela precisa parecer sexy — disse Liz na noite seguinte, quando nós quatro nos reunimos na suíte, me arrumando para a minha missão. Ou encontro?

Ai, meu Deus, é um encontro?, me perguntei.

— *É* um encontro? — perguntei em voz alta.

Macey encolheu os ombros.

— É difícil dizer. Vai ter comida ou diversão? — Neguei com a cabeça. — Ganhar animais empalhados por meios competitivos? — Outra negativa. — Então provavelmente não.

Liz, reparei, estava anotando *tudo*.

— E se houver beijo? — perguntou ela.

— Liz, não vai ter beijo nenhum. Nenhum segurar de mãos. Ou dançar... a menos que estudemos Cultura e Assimilação, e então... Não vai ter NENHUM beijo!

Liz pareceu um pouco confusa, portanto Macey explicou.

— Podem se encontrar sem se beijarem, mas se beijarem sem ter um encontro é totalmente diferente. — Macey andou para a cama e se pôs a organizar os nove milhões de blusas que já tínhamos classificado de "sofisticado demais" ou "casual demais" ou "decotado demais" (e eu não tenho tanto peito assim).

— Ela está pronta! — exclamou Bex, me girando.

Bem, eu não me sentia pronta. Com Josh eu sempre ficava nervosa; com Zach também, mas de uma maneira *muito* diferente. Eu nem mesmo parecia pronta, não o tipo de pronta que eu parecera com Josh. Com ele, tinha passado gloss nos lábios, e usado saias e sapatos que talvez não fossem os mais indicados para se correr 6Km no escuro. Agora eu simplesmente parecia... eu mesma.

— Não — falei. — Isso não vai dar certo. Ele é um espião. Vai perceber que estou... espionando.

— É perfeito, e ele não vai, não — replicou Macey. Pôs o pincel de lábio na boca, e andou à minha volta, para examinar o que via.

— Mas eu não deveria parecer... melhor?

— Cam, ele a viu em P&CL — disse Bex, obviamente se referindo à minha tendência a, digamos, ser desafiada pela transpiração.

— E já a viu vestida a rigor — acrescentou Liz.

— O que ele ainda não viu — disse Macey, pondo-me na frente do espelho — é a Cammie casual.

Me senti como a amiga menos-perfeita da Barbie.

— Tudo nessa noite tem de parecer normal, Cam — advertiu Bex, sem perceber a ironia na quantidade de esforço necessário para chegar à aparência de absoluto não esforço.

— Ela tem razão — disse Macey. — Rapazes são como cachorros: sempre percebem quando estamos carentes.

— Apenas se lembre de sua missão — disse Liz me passando minha mochila.

— E lembre-se de deixá-lo conduzir a conversa. Veja o que ele lhe dará antes de pensar no que terá de tirar — disse Bex, citando uma das melhores aulas do Sr. Solomon.

— Certo — repliquei, lembrando a mim mesma que só ficaríamos na biblioteca. Que tipo de coisas terríveis poderia acontecer na biblioteca?

— E, Cam — gritou Macey para mim. — Seja você mesma.

Independente de aonde eu fosse nesse semestre, não conseguia escapar dessas palavras: *seja você mesma*. Mas nunca conseguia ser *inteiramente* eu mesma, especialmente nesse momento, pois uma parte minha queria injetar o soro da verdade no suco de laranja de Zach no café da manhã e acabar logo com isso. (Na verdade, essa foi a ideia de Bex, mas a estávamos guardando para uma emergência.)

Ao descer a escadaria principal, lembrei a mim mesma que não devia ficar nervosa. Já tinha ido a encontros antes — tanto de diversão quanto só para estudar. E estudar com Zach — não Josh — significava que eu nem mesmo teria de ocultar o fato de estar fazendo o nível Ph.D de física no segundo ano. Mas ao entrar na biblioteca e procurar por Zach, não consegui afastar a sensação de que "eu mesma" era um personagem que eu não sabia como representar.

— Olá, Garota Gallagher. — Ele tinha escolhido uma mesa no fundo da biblioteca. BEM no fundo.

18 horas: A Agente encontra O Suspeito em uma locação estranhamente remota, indicando que ele deva ter mantido mais "encontro" e menos "estudo" em sua cabeça.

— Análise de Macey McHenry.

Livros cobriam a mesa. A jaqueta do seu uniforme estava pendurada no encosto da cadeira.

Sentei-me em frente a ele.

— Então? — falei, sentindo minha voz cada vez mais fina. — Por onde começamos?

— Não sei — respondeu, mas eu tive a nítida impressão de que ele sabia. Um monte de coisas. Porque, para início de conversa, era a minha opinião científica de que Zach era uma dessas pessoas que usava sua inteligência para garantir que ninguém soubesse exatamente como ele era inteligente (uma tendência que Macey me disse ser comum entre garotos muito sensuais).

18h02: A Agente se vê esmagada pelo completo e definitivo silêncio à mesa.

— Zach — falei, só para ter certeza de que a minha voz ainda funcionava. Ele olhou para mim. — Eu estava pensando que poderíamos examinar o impacto da propaganda na economia do terceiro mundo.
— Era isso que estava pensando?
— Sim — respondi, mas ele continuou olhando para mim... Quer dizer, realmente olhando. Quis ser Tiffany St. James (mesmo que isso significasse usar vestido sem alças). Quis ser uma garota que estudava em casa e tinha uma gata chamada Suzie. Quis ser qualquer uma menos eu mesma, sentada ali e me sentindo completamente envergonhada.
— Então... — tentei de novo. — Acho que devíamos esboçar o relatório e talvez resumir nossas anotações, e...
— Garota Gallagher — disse Zach, sem esperar que eu terminasse a frase que já não tinha fim. — Quer me perguntar alguma coisa?
— Não — menti, e então nós dois voltamos aos nossos livros.

18h14: A Agente começou a perceber que o encontro para estudar podia realmente consistir em estudar.

Quanto tempo leva para duas pessoas encontrarem um silêncio confortável? Não sei. Uma vez, fiz a viagem de Omaha toda, de ida e volta, com vovô Morgan, e ele mal falou dez palavras. Meu pai e eu costumávamos passar os domingos no chão da sala, trocando seções do jornal, e não havia nenhum barulho exceto o virar as páginas. Mas sentar ali com Zach foi diferente.

— Então — comecei, antes de perceber que não fazia a menor ideia do que dizer em seguida.

Ele ergueu a sobrancelha, mas não a cabeça, e me examinou desviando o olhar para cima.

— Então... — sua palavra arrastou-se por mais tempo do que a minha, enchendo aquele silêncio terrível.

— Então, o que está achando da Academia Gallagher?

Ele ia rir, mas pensou melhor.

— Ah. É supimpa.

A Agente notou que o uso do adjetivo "supimpa" pelo Suspeito ou foi um sarcasmo intencional ou uma gíria regional e anotou para checar no banco de dados da Academia Gallagher.

Voltei aos meus cadernos, mas não consegui ler uma única palavra. Eu achava difícil falar com um garoto normal. Mas, como ficou demonstrado, isso não era *nada* em comparação a falar com um garoto altamente treinado para ser espião que pode ou não ter sido criado pelo governo americano.

Estava justamente pensando em abortar a missão quando duas garotas do oitavo ano surgiram correndo das estantes e pararam ao me ver com Zach. Então se viraram e saíram rapidamente, seus risinhos e cochichos flutuando para mim pelo corredor.

— Lidou muito bem com isso — disse Zach, com um balançar de cabeça sutil na direção da fofoca que eu inspirei.

— Bem, tenho alguma prática, acho. Além do mais, não me atingem — falei, e era verdade. Para um espião, é preciso muito mais do que risinhos para magoá-lo.

Virei a página do caderno e senti meus olhos perderem o foco enquanto escutava o silêncio que parecia mais alto na presença de Zach.

— Tenho que dizer — falou entrelaçando as mãos atrás da cabeça e se recostando na cadeira, equilibrando-a nas duas pernas de trás —, estou um pouco decepcionado.

— Decepcionado! — gritei.

Ele riu.

— Sim, Garota Gallagher. Achei que tinha uma reputação de ser... proativa?

O que foi uma maneira simpática de colocar a questão, acho.

— É verdade — respondi, querendo ser capaz de descobrir uma maneira de levar a conversa de volta para ele. — Bem, o que *você* faria se todo mundo achasse que tinha violado o sistema de segurança?

Ele sorriu e inclinou-se à frente. Ouvi as pernas dianteiras da sua cadeira baterem no piso de madeira.

— Provavelmente descobriria tudo o que pudesse a respeito de todos que... fossem *novos*? — disse ele, como se as palavras tivessem lhe ocorrido nesse instante. — Quem não tinha um álibi na noite do baile? Talvez até mesmo tentasse me aproximar de alguém de quem eu suspeitasse — disse ele, chegando mais perto. — Talvez colocasse aparelhos de escuta no quarto, se tivesse a oportunidade.

— Hahahahaha! — (Sim, esse é o som de uma agente secreta altamente treinada forçando uma risada.)

— Mas *você* não faria nada disso — disse ele, se levantando. — Faria, Garota Gallagher?

— É claro que eu...

Então Zach pôs a mão no bolso e puxou um pequeno fio que eu tinha visto desaparecer dentro da tomada nos quartos dos garotos. Ele deixou o aparelho cair na mesa, depois se aproximou do meu ouvido e sussurrou:

— Não sou tão mau assim, Garota Gallagher.

Puxou a jaqueta do encosto da cadeira e se virou para ir embora.

— Mas também não sou tão bom.

Fiquei olhando para o aparelho, pensando no que significava, quando Zach virou na curva da saída e gritou:

— Obrigado pelo encontro!

— O que isso significa? — perguntou Liz, mas eu não sabia a que parte de minha noite medonha ela estava se referindo: a parte em que Zach tinha dito que não era tão mau ou tão bom, ou como ele tinha empregado medidas de contravigilância (sinal de verdadeira cautela ou culpa), ou que ele tinha pensado que tivéssemos um encontro! Para dizer a verdade, todas me davam vontade de vomitar.

O nosso posto de observação estava empoeirado e apinhado, de modo que nos sentamos no chão, cercadas por papéis de balas e sacos de pipocas pela metade, cadernos e gráficos. E a única coisa que estava clara era que não importava o quanto parecia normal garotos jogarem jogos intelectualmente desafiadores — estudar com garotos que tiveram aulas de verdade sobre o tema é infinitamente mais difícil.

— Então ele pensou que fosse um encontro *de verdade*? — perguntou Liz a Macey. — Porque ele não comprou nada para ela. Ou foi só um encontro para estudar? Ou ele o considerou algo do tipo *encontro com motivo* ou...

— Shhh — disse Bex, segurando um fone no ouvido. — Temos áudio! — disse ela, os olhos brilhando.

21h08: A vigilância da escuta captou uma conversa em que muitos dos Suspeitos concordaram que a diretora Morgan era uma "quente", embora As Agentes soubessem de fonte segura que Rachel Morgan raramente se encontrava perto de fornos ou fogões.

— Então ele não achou todos os aparelhos? — perguntou Liz.

— Ou *deixou* alguns — argumentei, revendo todas as possíveis sequências de eventos. — Talvez queira que continuemos a escutar, para recebermos informações falsas. Ou talvez não tenha realmente encontrado alguns. Ou talvez tenha deixado alguns nos quartos dos outros garotos porque quer que suspeitemos deles. Ou talvez esses outros garotos na realidade tenham violado o sistema de segurança, mas Zach simplesmente não pode dizer isso porque está preso a algum tipo maldito de pacto de fraternidade que...

— Cam! — interrompeu Macey bruscamente, me fazendo voltar à realidade. (Admito que o pacto maldito era um pouco de exagero, mas as outras opções eram perfeitamente viáveis.) — Ele lhe deu o aparelho ou para mostrar que está a fim de você ou para confundir a sua cabeça, e... está dando certo.

Espionar é um jogo, e namorar também, acho. Tudo se trata de estratégia e de usar suas forças na hora certa. As pessoas acham que a espionagem é só diversão e jogos — que tudo o que fazemos é como brincar de gato e rato, mas nessa noite aprendi uma lição de OpSec tão valiosa quanto qualquer coisa que Joe Solomon tinha me ensinado. A vida real nos serviços clandestinos não é como gatos e ratos — é como gatos e gatos.

Capítulo Vinte e Dois

— Mentiras — disse o Sr. Solomon na manhã seguinte ao entrar na sala. — Contamos mentiras aos nossos amigos — prosseguiu ele. — Contamos mentiras aos nossos inimigos. E acabamos... contando mentiras a nós mesmos. — Virou-se para escrever no quadro.

— Uma mentira é tipicamente acompanhada por que sintomas físicos, Srta. Lee? — perguntou o Sr. Solomon.

— Pupilas dilatadas, pulsação acelerada e maneirismos atípicos — respondeu Kim enquanto eu fundia o meu cérebro, tentando me lembrar se alguma dessas coisas tinha acontecido com Zach, na noite anterior. Se alguma coisa que ele já tivesse dito teria sido verdade.

— Espiões contam mentiras, senhoras e senhores, mas não é disso que vamos tratar hoje. Hoje — disse o Sr. Solomon — a aula será sobre como detectá-las. Um agente competente saberá controlar sua própria pulsação e voz, mas para o propósito da aula de hoje, acho que estes serão úteis.

Ele distribuiu a cada um de nós o que parecia o anel que muda de cor segundo a temperatura do corpo, que Bex, Liz e eu compramos em Roseville no oitavo ano.

— O Dr. Fibs foi muito gentil em compartilhar estes protótipos de um novo analisador portátil de tensão da voz que ele está desenvolvendo — prosseguiu o Sr. Solomon. — É equipado com um microchip que monitora a voz da pessoa que, se estiver mentindo, fará o anel vibrar bem suavemente, alertando àquele que o usa sobre a mentira.

A peça de plástico nas minhas mãos parecia barata, praticamente sem valor, mas como a maioria das coisas na Academia Gallagher, havia muito mais além das aparências.

— Vocês precisam estar perto do suspeito — explicou o Sr. Solomon enquanto andava até a mesa de Tina Walters. — E os anéis podem ser enganados, com treinamento. Por exemplo, faça-me uma pergunta, Srta. Walters, qualquer uma.

Tina hesitou um ou dois segundos antes de perguntar:
— O senhor tem namorada?

Metade da turma deu um risinho e a outra ficou em silêncio, meio horrorizada. Joe Solomon reprimiu um sorriso e respondeu:
— Não.

Os olhos de Tina estavam grudados no anel na sua mão direita quando disse:
— Nada. Não fez nada. Então é verdade?
— Pergunte de novo — disse o Sr. Solomon.
— O senhor tem namorada?

Dessa vez, o Sr. Solomon respondeu "Sim". Um momento depois, Tina estava sacudindo a mão como se estivesse com câimbra ou algo no gênero.

— Não está quebrado, Srta. Walters — disse o Sr. Solomon, com segurança. — Simplesmente não é tão bom em detectar mentiras quanto sou em contá-las.

Não consegui me conter; olhei de relance para Zach, que percebeu.

— Testem com quem está na frente de vocês — disse o Sr. Solomon, e uma sensação de desconforto se instalou no meu estômago. — Observem seus olhos, prestem atenção em sua voz. E vejam se adivinham quem está mentindo.

Sei que não sou a primeira garota na história a ter essa missão, mas senti como se nunca tivesse havido tamanha ironia como nessa.

— Ah — disse Zach, com um rápido erguer das sobrancelhas —, isso vai ser divertido. — Não precisei do anel no meu dedo para me dizer que ele não estava mentindo mesmo.

Comecei a pensar em motivos que me dispensassem da aula, mas ninguém tinha se exposto ao plutônio desde meados da década de 1990, de modo que não tive saída. Estava presa a Zach. E minha capacidade de contar lorotas estava para ser testada mais do que já tinha sido antes.

— Qual é o seu nome? — perguntei, pensando naquela sala fria e estéril sob Washington e na maneira como um profissional tinha buscado a verdade.

— Zach — respondeu ele.

— Qual o seu nome *todo*?

— Esta é uma pergunta muito chata, Garota Gallagher.

— Zach!

— Sim, está certo. — Ergueu minha mão direita. — Vê, não estou mentindo.

— Onde estava durante o Alerta Negro?

Zach abriu um largo sorriso.

— Esta é melhor.

— Responda a...

— Estava com você — disse ele. — Lembra? — Então inclinou-se sobre a mesa entre nós. — Agora é a minha vez — disse ele sorrindo feito um idiota. — Divertiu-se ontem à noite?

— Zach, realmente não acho que seja isso o que o Sr. Solomon está querendo alcançar com este exercício em particular.

— Vou entender isso como um sim — disse Zach. — Realmente deveríamos repetir, qualquer dia desses.

Olhei para o anel na minha mão, mas ele não reagiu. Zach estava dizendo a verdade. Mas continuei sem saber o que significava.

— De onde você é? — perguntei.

— Do Instituto Blackthorne para Garotos — replicou em um tom monótono.

— O que seus pais fazem? — perguntei, e pela primeira vez ele não respondeu. Não sorriu daquela maneira maliciosa. Não fez piada.

Simplesmente ajeitou o caderno sobre a mesa e perguntou:

— O que você acha que eles fazem?

Ouvi Tina Walters perguntar a Grant: "Qual a sua ideia de um encontro perfeito?" No outro lado da sala, Courtney queria saber o que Eva realmente achava do seu novo corte de cabelo, mas nada disso parecia engraçado, interessante ou legal nesse momento.

Se a Academia Gallagher fosse vender anéis da verdade no mercado negro, todas as garotas nos EUA fariam fila para conseguir um, mas não precisei dele para me dizer que Zach não estava representando ou mentindo ou fingindo uma outra identidade naquele momento. Havia muito mais nessa história.

— São da CIA? — perguntei em um sussurro.

— Foram.

Não perguntei detalhes, porque sabia que eram confidenciais. Sabia que eram tristes e, mais do que tudo, agora eu sabia que Zach Goode era um pouco como eu.

Capítulo Vinte e Três

Eu deveria ter relatado, é claro. Devia ter contado às minhas amigas. Há semanas procurávamos alguma pista, algum sinal de que esses garotos tinham passados e histórias — que eles até mesmo existiam. Por um breve momento, eu tinha visto o verdadeiro Zach — sem disfarces, sem identidades falsas, sem mentiras. Mas, quando atravessei os corredores escuros e silenciosos no sábado à noite, levei o segredo de Zach comigo. Não consegui me convencer a registrá-lo.

— Olá, filhota — falou minha mãe quando me ouviu entrar na sala. Fumaça e vapor subiam de uma pequena frigideira elétrica atrás de sua mesa, enquanto o micro-ondas zumbia. Quando ela veio me abraçar, vi que estava usando meias grossas de lã que eram grandes demais para os seus pés; meias do papai. Estava com um velho suéter puído com as mangas arregaçadas; suéter do papai. E, embora eu já tivesse visto minha mãe usando desde vestidos de baile a ternos, acho que nunca a tinha visto tão bonita.

— Hoje — anunciou ela, feliz — é noite de tacos! — Perguntei-me se essa era a mesma mulher que havia se sentado nessa mesma sala enquanto o mundo escurecia à nossa volta, amortalhado em sombras e o fulgor vermelho das luzes de emergência. Eu sabia que nunca conheceria todas as identidades da minha mãe. — Como vão as aulas? — perguntou, como se não soubesse.

— Bem.

— E as garotas? — perguntou, como se nunca as tivesse visto.

— Estão ótimas. Macey está passando para o nono ano em ciências.

Mamãe sorriu.

— Eu sei.

Estava tudo normal. Estava tudo bem. Até mesmo os tacos pareciam comestíveis, mas ainda assim roí minhas unhas e me ajeitei no sofá. Observei minha mãe, agasalhada com os últimos vestígios do meu pai e perguntei:

— Como conheceu o papai?

Mamãe parou de mexer o que tinha tirado do micro-ondas. Forçou um sorriso.

— Por que está perguntando isso?

Acho que foi uma boa pergunta. Afinal, garotas normais provavelmente sabem a história do romance de seus pais, mas isso não é necessariamente verdade para garotas espiãs — garotas espiãs aprendem cedo que a maioria das coisas sobre seus pais é confidencial.

Ainda assim, não consegui deixar para lá.

— Foi em uma missão? Vocês se conheceram quando estavam trabalhando em Langley, ou foi antes disso? — Senti que estava ficando sem fôlego. — A Academia

Gallagher fez uma troca com Blackthorne na época, também?

Mamãe ergueu a cabeça e me examinou, como se eu pudesse estar doente.

— O que a faz pensar que seu pai estudou no Instituto Blackthorne?

Pensei em falar no retrato, mas desisti.

— Não sei. Acho que... deduzi. Quero dizer, ele foi aluno de lá, não?

Ela baixou os olhos para a tigela e continuou a mexer.

— Não, querida. Ele tinha amigos que estudavam lá. Foi conferencista convidado algumas vezes. Mas o seu pai cresceu em Nebraska, você sabe disso.

Eu sabia, mas, de alguma maneira, nos últimos meses, tinha começado a questionar tudo o que eu sabia.

— Então como se conheceram? — perguntei de novo. — Como você soube... — Falei, e reprimi a única pergunta que eu queria realmente fazer, mas não podia: *Como pôde confiar nele?*

Minha barriga roncava, mas eu não sentia fome.

— Um dia, contarei a história, filhota. — Minha mãe sorriu e me passou um prato. — Assim que você receber permissão oficial para ter acesso a informações confidenciais.

Naquela noite, fiquei no posto de observação secreto por muito tempo, escutando. Procurando por alguma pista.

Já passava da meia-noite quando finalmente saí do corredor e pisei nas cinzas de um fogo que se extinguira. Passei pela abertura de uma lareira de pedra (uma das muitas entradas para esse corredor), esperando me deparar com o silêncio, com a escuridão, esperando qualquer coisa menos ouvir a voz de Zach Goode dizer:

— Então, o tour terminou, hein?

E, por isso, apesar de todo o meu treinamento de espiã, me levantei rápido demais e bati com a cabeça no alto da lareira.

— Ai! — gritei, pondo a mão na nuca. — O que *você* está fazendo aqui?

— Venha — disse ele, ignorando minha pergunta e passando a mão delicadamente na minha nuca, onde um calombo começava a se formar.

Tentei me afastar, mas ele se aproximou decidido, e embora eu soubesse que ele era O Suspeito, é difícil não sentir um certo arrepio na espinha quando um garoto bonito está a centímetros de distância com a mão em seu cabelo.

— Você vai sobreviver.

— Você está sendo legal — falei, francamente chocada.

— Não conte a ninguém. — Cruzou os braços e indicou, com a cabeça, o muro de pedra do qual eu misteriosamente apareci. Um sorriso cresceu em seus lábios quando perguntou: — E então... a escuta clandestina revelou algo interessante?

21h: O Suspeito admitiu ter deixado alguns dos aparelhos na Ala Leste. Ou tentou enganar A Agente, admitindo que haviam ficado alguns aparelhos... Ou O Suspeito estava simplesmente...

21h01: A Agente não consegue deixar de lembrar como é muito mais fácil conversar com garotos normais.

— O que foi, Garota Gallagher? — perguntou ele, escorregando as mãos para dentro dos bolsos. — Não vai me dar uma resposta irritadinha? Alguma gata inexistente de nome Suzie comeu sua língua?

— Como sabe sobre Suzie?

Apontou para si mesmo mais uma vez e disse:

— Espião.

O luar atravessava a janela, passando entre nós dois. Não se ouvia nenhum som de assoalho rangendo, nenhum risinho abafado das garotas, e não me ocorreu nada a dizer enquanto me afogava no silêncio, lutando para respirar, minha cabeça latejando, enquanto Zach se inclinava para mais perto. E mais perto. Sua mão se estendeu para o meu rosto, e pela segunda vez nesse semestre, eu congelei.

Seu dedo afastou uma mecha de cabelo dos meus olhos, e então ele o retirou bruscamente, como se tivesse levado um choque. Suas mãos foram para seus bolsos. Seu olhar baixou para o chão.

E pareceu que ficaríamos ali para sempre, até ele dizer:

— Por que não me pergunta? Sobre eles? — Senti minha respiração parar quando Zach olhou de relance para mim. — Conto a minha história, se contar a sua.

Não sei o que me surpreendeu mais — que alguém tivesse finalmente pedido para ouvir o que aconteceu com o meu pai ou o exterior durão de Zach estar desmoronando. Não chorou nem estremeceu, mas ficou tão quieto que, quando fiz menção de estender o braço para ele, logo recuei, com receio de romper o transe em que entrara. Lembrei-me dos avisos de vovô Morgan, de que há algumas coisas selvagens em que não se deve tocar.

— Foi uma missão.

Não sei por que eu disse isso. As palavras eram estranhas para mim, e ainda assim saíram tão espontaneamente da minha boca que deveriam estar lá, completamente formadas, há anos, esperando a chance de se libertarem.

— Há quatro anos, meu pai partiu para uma missão. Não retornou. Ninguém sabe o que... *aconteceu*.

Então Zach olhou para mim e disse as palavras que eu sempre soubera, mas nunca tinha me atrevido a pronunciar:

— Alguém sabe.

E ele tinha razão — alguém, em algum lugar, sabia o que tinha acontecido ao meu pai, mas eu não podia dizer isso. Havia algo na maneira como Zach ficou me olhando. Um silêncio instalou-se entre nós; e apesar de estarmos perto um do outro, a distância parecia ser de milhares de quilômetros.

— O quê? — perguntei. — O que está dizendo?

— Estou dizendo que alguém sabe — replicou ele. Embora não tenha falado com grosseria, a sua voz soou mais veemente, mais forte. — Estou dizendo que você não devia agir como se não houvesse respostas só porque não teve tempo de procurá-las.

— O que eu devo fazer, Zach? Sou apenas...

— Apenas uma garota? — Então, encolheu os ombros e deu um suspiro. — Pensei que era uma Garota Gallagher.

Zach foi embora, mas fiquei ali um bom tempo, me perguntando se devia procurar a minha mãe, se devia falar com minhas amigas. Mas, em vez disso, entrei pelos corredores que não usava há meses, abri caminho pelas teias de aranha e pelo escuro, tentando me afastar das lágrimas que corriam quentes pelo meu rosto, porque talvez não quisesse admitir fraqueza, talvez quisesse me isolar em minha solidão e sofrimento.

Ou talvez chorar seja como tudo o que fazemos — é melhor quando não se é pego em flagrante.

Capítulo Vinte e Quatro

As duas semanas seguintes foram, sinceramente, as mais estranhas da minha vida — não pelo que aconteceu, mas pelo que *não* aconteceu.

Zach não me procurou. Não mexeu comigo. Nem mesmo me chamou de *Garota Gallagher* nem me lançou seu olhar arrogante.

Depois de uma vida inteira sendo a garota que ninguém vê, parecia que tinha me tornado invisível de um jeito completamente diferente.

E então, um dia, quando eu saía do salão, senti alguém esbarrar em mim e ouvi Zach dizer: "Desculpe." Continuamos a andar em direções opostas — ele subindo a escada principal, eu saindo do prédio.

Só notei o bilhete no meu bolso quando já estava lá fora, em pé na chuva fina que parecia nunca cessar.

Não parei para admirar o fato de ele ter acabado de realizar o *brush pass* mais hábil que eu já tinha visto. Não corri para o galpão do celeiro.

Em vez disso, permaneci no ar úmido, olhando para o meu nome escrito em um papel Evapopaper. Abri o bilhete e o examinei, e nem bem compreendi as palavras e o papel tinha se desfeito na chuva.

Bem, obviamente, o bilhete desapareceu muito antes de eu encontrar minhas amigas e armar uma barricada na porta do lado de dentro do nosso quarto — o que foi uma pena, pois, se já existiu uma prova que precisasse ser examinada, era *essa*. Mas o bilhete tinha desaparecido. Tinha se perdido. Não poderíamos analisar a letra ou a intensidade com que segurara a caneta. Teríamos de nos basear nas próprias palavras e no conhecimento anterior que tínhamos do Suspeito.

(Cópia cortesia de Cameron Morgan)

> OUVI DIZER QUE IREMOS À CIDADE NO PRÓXIMO FIM DE SEMANA. QUER PEGAR UM CINEMA OU ALGO ASSIM?
>
> Z
>
> P.S. ISTO É, SE JIMMY NÃO SE IMPORTAR.

Esse fim de semana pode ser uma boa oportunidade para nos vermos fora da escola em um ambiente social, livre de competição. Não vejo outros garotos como ameaças, e gosto de fazê-los parecer insignificantes chamando-os pelo nome errado.
(Tradução de Macey McHenry)

— Ai, meu Deus, Cam — exclamou Liz. — Ele a convidou para sair!

— O que isso significa? — perguntei, virando-me para Macey, que se jogou na cama e começou a tirar os tênis de 900 dólares que tinha usado no celeiro de P&CL e que, agora, estavam cobertos de lama.

— Quero dizer, além do óbvio? — perguntou Macey.

— Sim, além disso — repliquei, porque não poderia ser assim tão fácil. Espiões nunca agem sem motivação, sem uma causa, e eu não fazia a menor ideia de qual poderia ter sido o verdadeiro motivo de Zach. Não sabia por que tinha me convidado em um bilhete e não pessoalmente. Não fazia ideia do significado de ele não ter assinado o nome completo. Estávamos estudando garotos por quase um ano acadêmico inteiro, e eu continuava longe de entender uma cultura em que as pessoas nos insultam, depois nos provocam, nos ignoram por semanas, e *então* nos convidam a ir ao cinema! — Ele deve estar tramando alguma coisa — falei por fim. Mas minhas colegas de quarto simplesmente olharam uma para a outra, como se houvesse outra explicação.

— Não acham que ele está armando alguma?

A chuva se intensificou lá fora, o vento uivou, e finalmente Bex se levantou e veio na minha direção.

— Sim, ele está definitivamente tramando alguma coisa.

Olhei para Liz, para uma confirmação, mas ela estava ocupada digitando as palavras de Zach no tradutor Garotês-Inglês que finalmente estava na fase do protótipo.

— E é por isso — disse Macey sorrindo — que você tem de ir.

* * *

Certamente, se você é uma Garota Gallagher e passa o dia todo, diariamente, dentro dos limites da Academia Gallagher, a ideia de ir à cidade — a qualquer cidade — parece ótima. E ir com um cara como Zach Goode parece ainda melhor.

Mas não se você for uma Garota Gallagher que estiver de fato se comprometendo no que pode ser uma missão secreta envolvendo um pote de mel (isto é, o uso que um agente faz do romance para comprometer um alvo). Não quando suas melhores amigas acham que essa é a oportunidade perfeita para A) experimentar o novo corretivo de olhos de Macey que só está legalizado na Suíça, e B) praticar o clássico cenário de três-agentes-na-vigilância...

E, principalmente, não se você for uma Garota Gallagher com um ex-namorado nessa cidade em particular.

Na manhã de sábado, acordamos com o céu ensolarado. O inverno tinha, de alguma maneira, ido embora, derretido junto com a neve, e um sol pálido atravessava as janelas. E me lembrei do que tinha combinado.

— Não posso fazer isso — falei, não realmente segura de estar falando sobre Zach ou do sutiã meia-taça que Bex estava insistindo para eu usar (porque sutiãs meia-taça foram inventados para situações de "pote de mel"). — E se eu deixar escapar que estamos vigiando os garotos? Ou se ele me drogar e me usar para ter acesso à parte restrita do laboratório de ciências? Ou se... — Minha voz se calou, pensando na única pergunta que não permitia fazer: *E se eu gostar?*

Em vez dessa, fiz outra pergunta que me assombrava há dias:

— E se eu vir Josh?

Tinha passado meses amortalhada na segurança de nossos muros, sabendo que, contanto que eu não ultrapassasse seus limites, nunca veria Josh de novo — o que é um luxo que garotas normais não têm quando evitam seus ex-namorados.

— Relaxe, Cam — disse Bex. — Nós estaremos seguindo você com as unidades de comunicação. Você terá cobertura. E além disso, quais são as probabilidades de ver o Josh?

— Uma em 187 — respondeu Liz automaticamente. Podia ter olhado para ela como se fosse um tantinho esquisita (o que ela é — no bom sentido), mas ela encolheu os ombros. — O que foi? — perguntou defensivamente. — Se fatorar as rotas de tráfego de pedestres, número de populações e padrões de comportamento, a resposta é 187 para 1.

Mas havia uma única coisa que nem mesmo Liz tinha aprendido a quantificar: o destino. Eu sabia que estava provocando o destino. De novo.

Meu estômago se contraiu. Meus dedos pinicaram. Cada nervo em meu corpo pareceu vivo — pulsando com uma carga que não se parecia com nada que eu já sentira em encontros. E com nada que eu já sentira em missões — simplesmente com nada que já tinha sentido, ponto.

Liz penteou meu cabelo. Macey realizou um milagre com a maquiagem. E Bex estava ocupada costurando uma câmera-botão na minha jaqueta. Tínhamos um plano. Tínhamos sido treinadas para esse momento durante anos, mas quando minhas amigas começaram a descer a escada, me olhei no espelho.

— Tudo bem se você gostar dele, sabe. — Macey estava diante da porta aberta. Atrás dela, o corredor ia ficando silencioso à medida que as garotas saíam para a longa caminhada até a cidade.

Pensei nas regras das operações secretas: não se envolva emocionalmente com o Suspeito; nunca perca a perspectiva ou o controle. Espiões melhores do que eu fizeram pouco dessas regras e acabaram com o coração partido... ou pior. Olhei de relance para o celeiro, onde aprendemos a proteger os olhos e os rins, a nos esquivarmos de murros e chutes.

Mas nem mesmo a Academia Gallagher tinha descoberto uma maneira de proteger nossos corações.

— Tenho o ocular— disse Bex através do rádio, uma hora depois. O que foi um som confortante. Até então, nem Zach nem eu tínhamos falado muito sobre nada, porque A) quando chegamos no andar de baixo, havia um grupo enorme de pessoas esperando para ir à cidade (uma das quais era Tina Walters). B) Ventava, o que me fez posicionar a cabeça em um ângulo estranho, para manter meu cabelo fora do rosto. E C) embora eu já tivesse experimentado encontros (e missões) antes, nunca estivera em algo que era os dois ao mesmo tempo.

E, por fim, é meio difícil conversar quando se anda 3Km só para ver o desfile do Dia dos Fundadores de Roseville, Virginia. Sim, eu disse *desfile*.

Tanto a garota quanto a espiã em mim sabiam que eu deveria estar falando alguma coisa — que eu deveria estar *fazendo* alguma coisa —, mas assim que viramos para a Main Street, ouvi o clangor das cornetas da Banda de Roseville; vi as senhoras da igreja vendendo brownies e rifas de uma colcha feita artesanalmente. A cidade inteira de Roseville parecia estar marchando nas ruas ou ocupando a praça.

— Ele está bonito, Cam... quer dizer, *Camaleão* — Liz apressou-se a corrigir seu erro. Olhei de relance para cima e para baixo das ruas lotadas e não vi nenhuma de minhas colegas de quarto em lugar algum, mas havia um certo conforto em saber que estavam lá. — Tussa, se achar que ele está bonitão.

10h41. A Agente não pôde deixar de notar que o Suspeito estava bonito e cheirava MUITO bem.

Zach realmente estava bonito. Não estava de uniforme. Tinha passado alguma coisa no cabelo que o deixara despenteado nos lugares certos. E continuei a pensar que devia haver algo atroz acontecendo — que de jeito nenhum um garoto como esse estaria a fim de sair comigo.

— Ei, Camaleão, sabe que *pode* conversar — disse Macey pelo rádio. — É permitido.

Mas conversar não era exatamente fácil, porque eu estava com Zach... em um encontro-missão-pote-de-mel! Tinha uma unidade de comunicação no ouvido e um saco de balas de hortelã para o hálito na minha bolsa, e havia 1/187 de chance de ver meu ex-namorado e sua nova namorada... Eu estava lidando com muitas questões!

— Quer fazer alguma coisa? — perguntei sem jeito, embora, tecnicamente, estivéssemos fazendo alguma coisa.

— Poderíamos ir ao cinema — replicou Zach. — Ou comer algo.

— Ok.

— Ou poderíamos simplesmente... caminhar — propôs ele, e pela primeira vez eu me perguntei se ele talvez também não estivesse nervoso.

— Ok. — repeti.

— Ou poderíamos mandar aquele palhaço lá pintar nossa cara, e então, assaltaríamos o banco — sugeriu ele, como se eu não estivesse realmente escutando. Mas eu não me deixei enganar.

— De jeito nenhum. Em outubro passado, instalaram um Stockholm Series 360. Levaríamos 45 minutos para arrombá-lo.

— Bom saber — ele riu.

De repente, tive vontade de parar no meio da rua e perguntar a Zach por que ele tinha me convidado para sair. Queria que ele confessasse que eu também estava sendo vítima da "sedução". Mas, quando ele pegou minha mão e me conduziu pelas calçadas agitadas, não me pareceu um gesto de um agente em missão. E então, mais do que tudo, quis parar de ouvir as palavras de Macey, *Tudo bem você gostar dele,* porque às vezes não gostar de alguém é bem mais fácil.

Um homem de meia-idade, usando uma jaqueta vermelha, demorou-se no centro da praça. Carros antigos ladeavam a rua, enquanto homens barrigudos examinavam os pneus e bebiam limonada. Estávamos a apenas 3Km da escola, mas a praça de Roseville parecia um outro mundo. A coisa mais perigosa que eu vi foi um bando de menininhas em malhas de balé cintilantes abrindo caminho pela multidão na calçada. Zach puxou-me em direção a uma esquina com uma rua tranquila.

— Então, plantou alguma boa escuta recentemente? — perguntou Zach.

Uma centelha faiscou em seus olhos, mas não ri. Nem mesmo consegui falar. O silêncio pulsou entre nós como a batida da banda que se retirava.

— Quero que saiba, Garota Gallagher — sussurrou suavemente —, que vou beijá-la agora.

Pela primeira vez em meses, não pensei em minha missão nem em meu disfarce nem em minhas amigas.

Eu não estava pensando.

Suas mãos eram quentes na minha nuca; seus dedos se entrelaçaram em meu cabelo, e ele inclinou a cabeça. Fechei os olhos.

E ouvi:

— Ai, meu Deus! Cammie, é você?

Zach disse uma palavra realmente feia ao se afastar de mim. (Mas duvido que DeeDee tenha entendido, pois ele a disse em persa.) O barulho vindo da praça pareceu mais alto do que segundos antes, e percebi que o transe tinha sido rompido completamente — o momento tinha passado.

Zach tinha tentado me beijar. *Zach quase me beijou!*

— Oi, Cammie — disse DeeDee. Abraçou-me e sorriu para Zach. — Estou tão feliz em ver vocês dois aqui!

Josh estava a menos de 2 metros de distância, me olhando fixo, mas não disse oi. Eu já tinha sofrido muitos golpes em minha vida para não perceber quando alguém está ressentido.

Me afastei de Zach, como se fosse possível fazer Josh se esquecer do que tinha acabado de ver, mas então percebi o reflexo na janela atrás de mim — o reflexo de Josh — e soube que Zach devia tê-lo visto. Imediatamente, milhares de perguntas passaram pela minha cabeça. Foi por isso que Zach tentou me beijar? Por que Josh parecia tão triste?

Havia no mínimo vinte coisas que eu precisava perguntar a Macey McHenry! Comecei a examinar a multidão, procurando minhas amigas, mas em vez delas, vi um homem no outro lado da rua.

Um homem comum. Eu o tinha visto comprar brownies, olhando sob o capô de um Ford Model T.

Mas ninguém na rua estava falando com ele, e seus sapatos eram formais demais para um desfile. Lembrei-me do que meu pai costumava dizer sobre contravigilância: *Uma vez, é um estranho; duas vezes, é coincidência; três vezes, está sendo seguida.*

E essa foi a terceira.

Quando nós quatro começamos a descer a calçada, não consegui eliminar a sensação de que precisava de cobertura por uma razão completamente diferente. Josh e DeeDee andavam alguns passos à nossa frente, de modo que sussurrei para Zach:

— Ei, vai dizer que estou maluca.

— Um pouco tarde para isso, Garota Gallagher. — Ao ouvirem a palavra *Gallagher*, duas mulheres na calçada se viraram para nos lançarem aquele olhar Gallagher, mas não tive tempo de me preocupar com a reputação da minha escola.

— Não percebeu ninguém nos seguindo, percebeu? — perguntei. Zach riu.

— Quer dizer, além de suas companheiras de quarto?

Revirei os olhos.

— Sim. Além delas.

— Não. Não percebi ninguém nos seguindo. Por quê?

— Aquele cara. De jaqueta azul. — DeeDee olhou de relance para trás, de modo que alterei as palavras. — Não acha que ele está *torrando* nessa jaqueta tão grossa?

— *Torrando* é uma gíria na espionagem para um agente

que está para ser pego, mas DeeDee não sabia disso. Felizmente, Zach sabia, então virou-se, apreendendo tudo casualmente, dos conversíveis transportando a Princesa do desfile e sua corte até a maneira como DeeDee cumprimentava quase todos que passavam.

— O que tem ele? — perguntou Zach.

— A jaqueta é dupla-face. Dez minutos atrás, ele a estava usando do outro lado. Acha que muitos caras normais em Roseville invertem suas jaquetas?

Paramos para olhar no reflexo ondulado da vitrine de uma loja.

— Olhe para o cara, Garota Gallagher — falou Zach em um sussurro, quando o homem comprou um salsichão. — Ele é um desastre com a mostarda. Aposto o que quiser como tem uma mancha enorme no outro lado.

Não deixou de ser um bom argumento — pareceu um bom argumento, mas então Zach riu, e algo estava... estranho. Eu sabia que não era paranoia. Sabia que era maior do que eu, maior do que Roseville, maior do que qualquer parada.

— Do que vocês dois estão falando? — provocou DeeDee.

— Ah, Cammie está tentando me convencer que conheço o cara de jaqueta azul. — Zach me olhou, e percebi que as palavras eram para mim, não para DeeDee. — Mas nunca o vi na minha vida.

E teria sido uma boa notícia. Eu teria relaxado. Mas então olhei para o anel que eu estava usando, senti uma vibração sutil, e soube que ele estava mentindo.

Capítulo Vinte e Cinco

Não me orgulho muito do que aconteceu em seguida, mas o próprio Sr. Solomon me disse que espiões cometem más ações por boas razões, portanto sorri, segurei o braço de DeeDee, e a usei como disfarce ao anunciar:
— Preciso ir ao banheiro!
— Vou com você — começou Zach, mas não o deixei terminar.
— Não — falei, sorrindo para DeeDee. — É coisa de mulher.
Quando nos soltamos de Josh e Zach, DeeDee deu um risinho e pôs o braço magro no meu. Provavelmente parecia divertido — duas garotas andando sozinhas pelas calçadas lotadas. Mas eu estava concentrada em outro tipo de aventura, enquanto examinava a multidão, procurando amigos e inimigos na praça agitada.
— Podemos ir à farmácia — gritou DeeDee por cima da sirene de um carro de bombeiros coberto por animadoras de torcida. O fim do desfile.
— O quê? — perguntei.

— A farmácia tem banheiro — repetiu ela, e eu assenti.

— Está bem, vamos à *farmácia* — repeti bem alto, esperando que minhas amigas escutassem.

Alguma coisa estava errada — Zach estava mentindo, e um homem que eu nunca tinha visto antes estava seguindo Garotas Gallagher em Roseville. E esse é o tipo de coisa que nunca aconteceu antes de Garotos Blackthorne virem para a Academia Gallagher e trazerem com eles um Alerta Negro.

— Cammie, estou realmente feliz por ter esbarrado com você — disse DeeDee, como se eu tivesse tempo para conversa fiada. — Estava pensando se as coisas... você sabe... é sério? Entre você e Zach? Vocês parecem felizes.

Apesar de tudo, parei e olhei para ela. Eu estava feliz com Zach? Poderia algum dia me sentir feliz com Zach? Dois minutos antes, eu talvez desse uma resposta diferente a essa pergunta, mas na vida de um espião, dois minutos são o bastante para o mundo todo mudar.

— Cammie! — Bex estava correndo na minha direção, acenando. — Ah — disse ela com um olhar rápido para DeeDee. — Oi. — Então olhou para mim e revirou os olhos. — Acabo de receber uma ligação no meu celular — mentiu. — Temos de voltar para a escola. — Parecia desapontada, chateada. Nada em seu tom deixava transparecer o pânico que eu sentia.

Olhei para DeeDee.

— Desculpe — falei, já saindo. — Preciso...

— Tudo bem — replicou DeeDee, mas seu sorriso geralmente radiante desapareceu. — Cammie — chamou assim que me virei —, realmente espero que você e Zach sejam felizes.

Em qualquer outro dia, eu teria refletido sobre essa frase durante horas, dissecado as palavras com Macey, buscado seu significado oculto. Seria uma maneira de DeeDee me dizer que ela e Josh não eram felizes? Será que eu era uma ameaça ao seu amor aparentemente perfeito? Ou DeeDee seria o tipo de pessoa que só queria ver todo mundo tão feliz quanto ela?

Se eu fosse uma garota normal, teria revisto cada segundo desse dia — meu quase beijo, a expressão magoada no rosto de Josh. Mas eu não era uma garota normal. Como o próprio Zach tinha mencionado tantas vezes... eu *era* uma Garota Gallagher.

— Tinham dois caras nos seguindo também — disse Bex andando do meu lado. Parei e olhei para trás para checar, mas ela revirou os olhos. — Não estão mais. — Sacudiu a cabeça. — Sabia que não podíamos confiar em garotos que mantêm seus quartos tão limpos. Não é *normal*!

Liz estava um pouco atrás de nós, já sem fôlego. Olhei em volta.

— Onde está Macey?

— Contando a todas as garotas que estamos sendo seguidas — respondeu Bex.

— Espere! Cammie! — disse Liz ofegando. — Não pode simplesmente ir embora no meio de um encontro! E se Zach ficar preocupado com você? E se ele achar que você foi sequestrada? — Então falou arfando: — E se ele achar que você não gosta dele?

— Liz — repliquei bruscamente —, o protocolo diz que devemos relatar qualquer atividade suspeita ao departamento de segurança imediatamente! Estamos sendo seguidas em Roseville! — As palavras soaram pesadas. — E Zach reconheceu um dos caras. — Respirei fundo antes de prosseguir. — E mentiu sobre isso.

Lembrei-me da expressão no rosto de minha mãe quando estávamos sob as luzes de emergência durante o Alerta Negro. Alguém ou alguma coisa já tinha ameaçado a nossa escola nesse semestre, por isso não me preocupei com os sentimentos de Zach ou com o que Madame Dabney diria sobre abandonar um garoto no meio de um encontro. Não perguntei às minhas amigas as razões por que um garoto tentaria beijar uma garota e todas as razões pelas quais uma garota permitiria.

Estávamos sendo seguidas em Roseville — isso era tudo o que importava. Senti meus pés batendo no chão. Quando chegamos à mansão, finalmente me virei e vi a minha turma inteira descendo a alameda atrás de mim.

— Vocês tinham razão — disse Courtney, ofegando. — Também fomos seguidas.

E, qualquer que fosse a esperança que eu tinha de estar enganada — de tudo não passar de um mal-entendido bizarro —, logo desapareceu.

Quando abrimos as portas da mansão, imediatamente senti o silêncio que em geral só acontecia nos dias antes das aulas recomeçarem e depois que terminavam, quando sou a única Garota Gallagher a vagar pelos corredores.

— Mãe! — chamei, mas a minha voz ecoou nos corredores vazios.

Courtney e Eva foram para o salão. Mick e Tina, para a biblioteca. Eu fui para o Hall de História.

— Mãe! — chamei de novo, mas minha voz foi abafada por sirenes estridentes, as luzes se apagaram, e as palavras ALERTA NEGRO ALERTA NEGRO ALERTA NEGRO encheram o ar.

A espada de Gilly desapareceu em sua bainha impenetrável, as estantes à nossa volta se tornaram cofres, e persianas de metal cobriram as janelas.

— Cammie! — gritou Bex acima do som das sirenes e de meus pensamentos imprevisíveis. — Cammie, vamos!

Dei as mãos para minhas melhores amigas, que me puxaram para a sala da minha mãe, mas ela não estava lá. Ninguém disse "Olá, filhota", nem que tudo ia ficar bem.

Nos viramos e descemos a escadaria principal enquanto a mansão se transformava em um túmulo.

— Cam, onde está a sua mãe? — perguntou Liz, como se eu soubesse e não contasse.

— Onde estão os professores? — perguntou Bex, olhando em todas as direções. Tina e Eva apareceram correndo pelo corredor. Mick, Kim e Courtney surgiram do salão. Logo a turma quase toda estava reunida no corredor, que ecoava com seus passos, mas não havia nenhum professor. Nenhum guarda. A escola toda devia estar fora, aproveitando sua liberdade em Roseville. Parecíamos estar completamente sozinhas.

Então vi uma figura escura movendo-se trôpega pelo corredor, apoiando-se na parede.

— Sr. Moscowitz? — gritou Liz, depois avançou rapidamente com Bex.

O nosso professor caiu nos braços das duas. Um lado do seu rosto estava manchado de sangue e a sua voz era fraca quando se deitou no chão e disse:

— Ele conseguiu.

— Conseguiu o quê? — perguntei no barulho das sirenes.

— A lista... um disco com o nome das ex-alunas. — Sentou-se no chão e agarrou meus ombros. — Ele pegou. E está... lá fora.

E então o Sr. Mosckowitz desmaiou.

É fácil olhar para a mansão Gallagher com suas altas cercas de pedras e fachada coberta de hera e imaginar as riquezas que deve conter. Até mesmo as pessoas que sabem a verdade sobre quem somos e o que fazemos provavelmente pensam sobre o laboratório de ciência onde algumas das maiores invenções do mundo foram criadas. A nossa biblioteca foi descrita como inestimável. Mas os nossos recursos mais preciosos não estão atrás dos muros, não, de jeito nenhum — estão lá fora, no mundo. Secretos. O verdadeiro legado das garotas Gallagher não está protegido por pedra e vidro; é de carne e osso. O resto, mais cedo ou mais tarde, será consumido pelo fogo.

Quando carregamos o Sr. Mosckowitz para uma cadeira acolchoada e verificamos o seu pulso, não pude deixar de sentir que o futuro de toda a irmandade estava sobre os nossos ombros.

Os últimos raios de sol desapareciam da mansão, de modo que Tina pegou uma lanterna na parede e riscou um fósforo.

— Alguém, por favor, pode me dizer o que está acontecendo? — perguntou ela, frustrada.

— Os garotos — repliquei. Mesmo no escuro, senti minhas amigas olhando para mim, atentas a cada palavra minha. — Zach mentiu sobre o fato de estarmos sendo seguidas na cidade, por gente que provavelmente estava lá para garantir que não retornássemos cedo demais.

— E o Sr. Mosckowitz disse que *ele* pegou o disco — acrescentou Bex.

— Qual garoto? — perguntou Mick. — Como podemos descobrir quem é?

Pareceu uma boa pergunta até eu ouvir Liz acima daquele barulho de sirenes.

— Bem, talvez seja mais fácil do que imaginam.

Estendeu a mão, e pela primeira vez, notei que ela não estava usando um relógio comum. Era um de seus projetos. Pontinhos vermelhos no mostrador brilhavam no escuro. Pensei na nossa missão na Ala Leste — as impressões digitais, o DNA, e finalmente... Bex deu um sorriso triunfante.

— Temos rastreadores.

Imediatamente fizemos menção de sair, mas nos detivemos quase no mesmo instante. Todas as janelas estavam cobertas de aço — e todas as portas também. As mesmas medidas de segurança que impediam a entrada de intrusos nos mantinham presas dentro da escola.

— Não podemos sair — disse Tina, desanimada.

A esperança pareceu morrer. O ponto no monitor de Liz — o sinal dos rastreadores que havíamos plantado nos sapatos dos garotos semanas atrás — foram se distanciando cada vez mais. Pensei no conselho da minha mãe, e soube, mais do que nunca, que tinha de ser eu mesma.

Portanto olhei para as minhas amigas.

— Sim — falei devagar —, podemos.

Tentei me convencer que passara a vida sendo treinada para um momento como esse — que não éramos tão impotentes quanto eu achava, e pela primeira vez nessa noite meu coração desacelerou; respirei fundo. Liz me passou o seu relógio, e examinei os pontos. Mick foi procurar o material básico de OpSec. Cinco minutos depois, estávamos abrindo caminho por teias de aranhas, respirando o ar empoeirado da minha passagem preferida.

A luz de nossas lanternas nos guiava pelo caminho e, a distância, as sirenes soaram como um aparelho de som esquecido ligado.

Conheço esses espaços escuros — posso percorrê-los mesmo sem luz. Com os olhos vendados. De salto alto. Mas, dessa vez, havia algo nos esperando no fim do túnel.

Enquanto o corredor se ramificava e retorcia, nos levando para fora da mansão, olhei para o monitor no meu pulso e vi que a maior parte dos pontos estavam entre a mansão e a cidade — exatamente onde os garotos deveriam estar. Mas um ponto solitário se afastou — esse era o sinal, o garoto que estávamos seguindo.

Quando saímos do túnel, vi a estrada deserta que se estendia em duas direções. O ponto luminoso se distanciou cada vez mais rápido enquanto estávamos ali, incapazes de alcançá-lo.

— E agora? — perguntou Liz.

— Anna, corra ao redor do perímetro até encontrar a guarita da guarda. Consiga ajuda! — Em um instante ela havia desaparecido.

— Bex — falei, me virando para a minha melhor amiga. Mas as palavras me faltaram ao ouvir pneus cantarem e ver luzes de faróis. Uma das nossas vans veio na nossa direção em velocidade, e freou. Respirei pela primeira vez no que pareceu dias, e o alívio me tomou. A ajuda estava ali, pensei. Provavelmente era a minha mãe.

Ou o Sr. Solomon.

Mas então as portas se abriram e ouvi Macey gritar:

— Entrem!

— Você roubou uma van da Academia Gallagher — falei, meio perplexa.

Macey encolheu os ombros.

— Confisquei, Cam — replicou ela. — Quando não consegui entrar na mansão e ouvi as sirenes do Alerta Negro, *confisquei* uma van. E sim — prosseguiu, como se lesse a minha mente —, isso é uma coisa que adolescentes problemáticas aprendem a fazer antes de irem para a escola de espiãs.

Nossos faróis cortaram o escuro. A cerração se prendia ao asfalto — um lembrete úmido e quente de que o inverno já se fora há muito tempo.

Enquanto atravessávamos a escuridão, não senti a adrenalina que geralmente é provocada por operações secretas. Em vez de excitação, senti um calafrio de terror ao pensar que houvera um agente duplo entre nós. Por isso, não me permiti pensar no garoto que quase tinha beijado. Não me atrevi a pensar em se voltaria a sentir aquilo.

Aumentei o som do monitor no meu pulso. Escutei um suave *bip, bip, bip* soar na van, mais rápido do que antes, e soube que estávamos chegando perto.

— Vire ali — mandei, e a estrada desapareceu.

Passamos por cima de cascalhos e buracos.

— Apague os faróis — falei. O carro avançou lentamente no escuro.

O bip agora se tornou mais rápido e regular.

— Chegamos — disse Bex.

As nuvens se afastaram; um raio do luar iluminou um complexo industrial. Edifícios de metal agrupados. Ervas daninhas, rompendo pedaços do asfalto, lutavam com o cascalho pelo controle do solo.

— Que lugar é este? — perguntou Macey.

— É uma fábrica abandonada — explicou Liz. — Agora pertence à escola.

— Não parecer ter qualquer sistema de segurança — disse Macey.

E então, todas as garotas na van disseram:

— Olhe de novo.

Uma cerca elétrica cobria o perímetro. Provavelmente sensores de movimento de um milhão de dólares estavam encravados no solo. Era uma fortaleza disfarçada de ruína, e eu não tinha dúvida de que, seja lá quem estivesse nos seguindo, tinha uma razão para ter ido para esse lugar.

— Então descobrimos quem está aí e recuperamos o disco? — perguntou Macey, como se ela não fosse tecnicamente do oitavo ano, e ainda tivesse mais dois anos pela frente antes de entrar no Subsolo Um.

— Sim — eu disse.

— Então acho que simplesmente vai ser... — começou Bex e se calou. — Exatamente como no outono passado?

No nível acadêmico, ela estava certa. Era como o nosso exame final. O mesmo território de treinamento, e ainda éramos estudantes, mas quando Mick começou a distribuir as unidades de comunicação e os adesivos tranquilizantes, senti saudades do Sr. Solomon e de suas palavras encorajadoras, das missões claramente definidas que delineavam a diferença entre passar de ano e ser reprovado.

Não pude deixar de pensar que a questão não era mais acadêmica.

Capítulo Vinte e Seis

É surpreendente como lembramos das coisas — como instinto e treinamento tomam conta dos nossos atos.

Em um instante, Bex estava desligando a pequenina lâmpada no teto da van, de modo que nenhuma luz nos denunciasse quando abríssemos as portas. Mick cortou a fiação da cerca do perímetro, e passamos, uma de cada vez, por baixo dela, retirando-nos para os cantos distantes do complexo, nos misturando com as sombras, o escuro e com o tipo de coisas que encontramos na noite.

Quando você se aproxima do Suspeito no escuro, sua principal preocupação é não ser vista nem ouvida. E infelizmente Liz estava muito falante.

— Cam, tenho certeza de que Zach tem uma boa explicação. Simplesmente *sei* que ele não é um cara mau. — Era um sentimento bonito, otimista, e talvez eu gostasse de discutir isso se seu pé não estivesse a centímetros de distância de um fio quase invisível que, se detonado, ativaria uma bomba.

— Liz! — sussurrei e pulei para a frente, empurrando-a para um local seguro. — Por que não espera aqui?

— Mas... — respondeu ela, tropeçando, parecendo apenas um pouquinho ofendida. — Equipe de trabalho é fundamental para operações secretas.

— Eu sei — falei o mais baixo possível. — Mas preciso de alguém aqui para vigiar este canto — falei, aliviada ao perceber um excelente esconderijo atrás de uma velha tina cheia de água da chuva. — Pode fazer isso? — perguntei. — Pode ficar aqui e me avisar se alguém aparecer?

Mesmo no escuro pude ver que o alívio inundou o rosto de Liz. Ela ia observar. Esta era provavelmente a tarefa mais científica que eu poderia passar a ela, de modo que se retirou para o esconderijo e eu prossegui sozinha, passando por poças sob os beirais dos telhados de metal, esquivando-me de gatos vira-latas e pilhas de tábuas abandonadas.

Andei pelo labirinto de edifícios, atenta a qualquer som mais alto do que a batida do meu coração. Minha cabeça estava cheia de perguntas: onde estão eles? Quem são eles? E, acima de tudo: estamos preparadas para isso?

A lista de ex-alunas da Academia Gallagher estava provavelmente no interior de um desses edifícios de metal — as identidades das melhores espiãs do mundo estavam escritas sem margem para dúvida. Vidas estavam em risco; anos de trabalho poderiam ser arruinados. Por isso, apesar de saber que estávamos sós, continuei a rezar para que Anna encontrasse ajuda — e que ela não chegasse tarde demais.

O vento soprou no complexo, uivando entre os edifícios. Olhei para o monitor no meu pulso para me certificar de estar me movendo na direção do solitário ponto luminoso. Mas, dessa vez, o ponto vermelho não estava mais só.

    Comecei a chamar minhas amigas, mas então senti dedos sobre a minha boca. Um braço ao redor da minha cintura. E, antes de eu poder dar um passo ou um soco, ouvi o som de cordas de rapel correndo nas roldanas, e senti meus pés deixarem o chão...

    A próxima coisa que percebi é que estava voando.

— Cam — alguém sussurrou em meu ouvido quando pisamos no telhado do edifício ao lado do que eu estava momentos antes. Fios corriam entre os telhados ao redor. Arreios e equipamento de rapel estavam a meus pés. E, no meu pulso, o velho relógio de Liz piscava loucamente.

    Sem parar para pensar, pisei no agressor, tentei jogá-lo por cima da minha cabeça, mas ele contrapôs o peso nesse exato momento, detendo minha força.

    — Sou eu. Zach — sussurrou, como se *isso* fizesse eu me sentir melhor.

    Um holofote varreu o complexo, irradiando-se na noite escura, e automaticamente Zach e eu nos jogamos no telhado, deitados enquanto a luz passava por cima.

    — Me dê uma única boa razão para eu não jogá-lo lá embaixo agora mesmo — falei, mas o estranho não era eu ser capaz disso. A loucura é que eu não *queria* fazer o que disse: eu queria acreditar em Zach, queria gostar dele, confiar nele, e saber que ele conhecia o meu eu verdadeiro, e gostava de mim mesmo assim.

    Deitei-me perfeitamente imóvel, sentindo o pedaço arenoso e áspero da cobertura do telhado sob as palmas das minhas mãos.

— Me dê uma única razão para... — recomecei, mas Zach rolou para o meu lado. Seu braço rodeou meus ombros quando seu corpo pressionou o meu.

— Darei duas — replicou ele, exatamente quando dois guardas armados dobraram a quina do edifício, no lugar exato em que eu estava momentos antes.

Ficamos deitados em silêncio por 20 segundos, escutando os passos desaparecerem, e então me soltei dele.

— O que está acontecendo, Zach? — Pela primeira vez, eu sabia exatamente o que dizer a ele, e não senti medo de dizê-lo.

— Quem era aquele homem na cidade? — Senti minha raiva crescer. Segurei firme seu braço nas suas costas e o virei de bruços. — Como descobriu este lugar? Quem está lá embaixo, e o que vão fazer com a lista?

— Bem, primeiro de tudo, *ai* — disse ele, mas não afrouxei a pressão. — Segundo, voltei para a escola depois de você me abandonar na cidade com Jimmy...

— Josh! — gritei.

— Voltei à escola depois que me abandonou... obrigado, aliás. E aconteceu aquela coisa toda de Alerta Negro de novo, e você e toda a turma tinham desaparecido. Imaginamos que tinham nos seguido, então fizemos uma alteração no sinal para que pudéssemos seguir o rastreador. E aqui estamos nós.

— Nós, quem? — perguntei, segurando seu braço com mais força.

— É sério, Garota Gallagher, isto dói como... Ai! — Torci com mais força ainda. — Grant, Jonas, alguns dos outros. Eles também estão aqui. Estão lá, com as garotas.

Olhei por cima do edifício ao lado e dei um aviso pela unidade de comunicação, mas esse segundo de distração foi o suficiente. Zach rolou, e então fui eu a ficar com as mãos presas.

— Cammie — ele falou —, olhe para mim. — Lutei, esperneei, mas ele segurou mais firme. — Garota Gallagher — falou gentilmente, olhando para mim com o olhar de um garoto que quase me beijara, o garoto que sabia o que era perder um pai. Eu tinha passado um semestre inteiro tentando descobrir o verdadeiro Zach, e nessa noite, mais do que nunca, eu precisava saber o que era real e o que era lenda.

— Você mentiu. — Minha voz saiu suave, quase um sussurro. — Sei que mentiu, na cidade, Zach. Sei que viu o homem que estava nos seguindo.

— É esse o problema? — Zach riu. — Você me abandonou na cidade e organizou um destacamento de guerreiras porque menti sobre conhecer um cara qualquer?

— Não, organizei o grupo porque alguém nocauteou o Sr. Mosckowitz e roubou a lista de ex-alunas da Academia Gallagher! — respondi com raiva. Vi o terror nos olhos de Zach enquanto ele compreendia o que estava em jogo. A pressão em meus braços diminuiu. Não estava mais me imobilizando; estava apenas me segurando.

E então algo pareceu lhe ocorrer. Puxou minha mão direita para a frente do meu rosto.

— Aqui. Olhe isto. — Até esse momento, eu tinha me esquecido do anel no meu dedo. — Ou, melhor ainda, olhe para mim. Observe os meus olhos, Cammie. Não estou mentindo. — Suas pupilas estavam constantes; sua pulsação estava regular; e o anel da verdade permaneceu perfeitamente parado quando Zach explicou: — Eu tinha visto aquele cara com o Dr. Steve antes e não quis denunciar seu disfarce. Não fazia ideia de que era uma ameaça. Achei que estava em operação de treinamento ou... sei lá... nos investigando, ou coisa parecida. Não achei que fosse importante. — Mudou o peso do corpo e veio para o meu lado. — Não achei que valia a pena explicar na frente de... — Sua voz falhou, e eu concluí.

— De Josh e DeeDee. — Sacudi a cabeça, tentando dar sentido a tudo aquilo.

— Não somos o inimigo, Garota Gallagher — disse ele.

Mais do que tudo, eu queria acreditar.

— Então quem é?

Zach soltou meus pulsos e apontou para o escuro.

— Ele.

Nesse momento, uma das portas do edifício do outro lado se abriu. Vi quatro guardas armados saírem e, no momento fugaz antes de a porta se fechar, ouvi um sutil "Excelente", e vi o rosto do Dr. Steve.

— Camaleão — disse Bex em meu ouvido. — Viu isso? Viu quem está nesse edifício? É o...

— Dr. Steve — concluí, e antes de poder dizer outra palavra ouvi Eva gritar:

— Camaleão! Os garotos... estão aqui!

— Eu sei, Chica — respondi, usando o codinome de Eva. — Zach está comigo.

— Está? — perguntou Liz, parecendo tonta.

— Então Tina não precisa ficar sentada em cima de Grant? — perguntou Eva.

— Não. Pode soltar Grant. — Tina não pareceu feliz com isso. — E trazê-lo para o edifício no canto noroeste. — Examinei o garoto do meu lado. — Eles têm algumas explicações a dar.

Durante os 60 segundos seguintes, ouvi minhas colegas de turma se moverem pela área escura, cochichando uma para a outra através das unidades de comunicação, enquanto contornavam as esquinas e evitavam os guardas. As Garotas Gallagher estavam chegando, mas por alguma razão, ali, ao luar, com minha irmandade dependendo de tudo o que eu dissesse e fizesse, me vi olhando para Zach.

Algumas semanas atrás, ele me avisou que eu não gostaria de ficar na sua escola, e um semestre inteiro de mensagens cifradas e insinuações sutis tinham dado nisso.

— O que está acontecendo, Cam? — perguntou Bex, quando minhas colegas de turma apareceram ao meu lado. Olhou de relance para Zach. — Quer que jogue esse cara telhado abaixo?

— Só se ele não contar o que é o Instituto Blackthorne e por que um de seus professores está querendo destruir as Garotas Gallagher.

— O que quer dizer? Sabe o que é a nossa escola — disse Grant, como se a resposta fosse óbvia. Não era.

Seus quartos eram anormalmente limpos; não havia vestígios deles em nenhum registro, de lugar nenhum. Eles *não eram* como nós — percebi isso o tempo todo. Mas Zach foi o único a finalmente dizer:

— Vocês têm suas camuflagens. Nós temos as nossas.

— E isso quer dizer... — comecei, mas Zach me interrompeu.

— Vocês são Garotas Gallagher — replicou ele abruptamente, enquanto a neblina se transformava em chuva. A chuva riscou seu rosto mas ele não hesitou, não recuou. Simplesmente chegou mais perto e disse: — Somos os enteados sobre quem ninguém fala.

Pensei na precisão militar de seus quartos; nos uniformes novos; na maneira como Zach tinha se portado na biblioteca e dito que não era nem mau nem bom, e soube que havia mais coisa nessa história.

— Então o que... — comecei, mas o rangido de dobradiças enferrujadas me interrompeu. Um feixe de luz atravessou a área escura embaixo, quando dois guardas armados saíram do edifício em frente de onde estávamos, e começaram a patrulhar o terreno. A pergunta que parecera tão importante momentos antes se desfez em minha mente, e eu disse:

— Ele não pode fugir. A lista não pode sair daqui.

— Não vai. — As palavras de Zach me levaram de volta a outra noite, quando as Garotas Gallagher estavam no mesmo lugar, a caminho de resgatar um refém e um envelope.

Dessa vez, os riscos eram maiores.

Zach foi até a beira do telhado e prendeu o arreio de rapel a um cabo que descia entre os edifícios e depois pegou minha mão.

— Precisamos ir agora, Cam. — Seu gesto foi como o de um cavalheiro tirando uma dama para dançar. Madame Dabney teria se sentido orgulhosa. — Confia em mim? — perguntou ele, e percebi que o ciclo tinha se fechado.

Meses antes, eu estivera nesse mesmo telhado com outro garoto, e saltado no escuro em direção ao meu destino.

Mas, agora, eu não ia saltar sozinha.

Capítulo Vinte e Sete

Zach e eu alcançamos o gramado, graças à chuva, às nuvens e a cada traço de escuridão que a Mãe Natureza pôde poupar, enquanto me agachava e atravessava o espaço entre os edifícios.

— O que você está *fazendo*? — sussurrou Zach, mas eu já estava batendo na porta de metal que me separava do Dr. Steve.

— Ei, um de vocês pode me dar uma mãozinha? — perguntei com a voz mais viril que consegui.

Zach olhou para mim como se eu fosse louca, mas então a porta se abriu e puxei um dos guardas para fora, segurando-o pelo colarinho. Perplexo e atordoado, ele nem mesmo percebeu o que estava acontecendo quando o nocauteei e chapei um adesivo tranquilizante na sua testa, só por medida de segurança.

— Belo golpe — disse Zach. — Aprendeu isso em P&CL?

— Não. Em *Buffy, a caça-vampiros*.

Examinei o homem deitado no chão à nossa frente. A última vez que o vira, estava encostado em um Cadillac 1957, estacionado na praça de Roseville. Não havia como dizer quantos agentes o Dr. Steve tinha recrutado para ajudá-lo. Não quis pensar na probabilidade. Arrastei o homem para a grama alta a 6 metros da porta e ajudei Zach a revistar seus bolsos.

— Unidades de comunicação — falei, puxando um fone de ouvido e microfone do corpo do homem adormecido. Zach colocou o fone enquanto eu espiava pelas janelas empoeiradas.

O Dr. Steve estava de lá para cá no quarto de metal. Caixotes se alinhavam nas paredes do edifício maciço, se elevando do piso de concreto até o teto.

— Pessoal — chamei com um sussurro pelo meu comunicador. — Tenho visão do suspeito. — Pelo menos quatro guardas estavam perto do Dr. Steve, que dava alguns passos e parava, sentindo o bolso, como se para ter certeza de que não tinha sido roubado. — Mantenham a posição até darmos o sinal.

Zach inclinou-se para mim.

— São pelo menos 15 caras.

— O que você ouviu? — perguntei. Zach ergueu um dedo para me calar. Uma sombra escura passou por seu rosto enquanto escutava o que o inimigo estava dizendo. — O que foi, Zach? — perguntei. — O que está acontecen...

— Cammie, preste atenção — replicou Zach. — Não sei aonde ele está indo, ou o que o Dr. Steve está planejando fazer com essa lista, mas... — Sua voz falhou. Seu olhar se desviou do meu, e por um segundo pareceu se prender ao ar, a uma constelação. — Acho que sei como ele vai chegar lá.

Virou-se para ficar de frente para o oeste, onde uma pequena luz vermelha estava piscando, se aproximando cada vez mais.

— Pessoal — sussurrei no rádio quando o avião baixou no horizonte —, mudança nos planos.

Éramos menores em número e tamanho. Ouvi o avião aterrissar e deslizar pelo solo, vi as silhuetas dos homens saindo do edifício. Não era hora de atacar com cuidado.

Bex saltou do telhado, derrubando um guarda, depois jogou a perna e acertou outro, que caiu quase em câmera lenta.

— Estão aqui! — gritou o homem ao cair. Mas era tarde demais.

O zumbido de uma corda de rapel nas roldanas encheu o ar. Por um momento, pareceu que chovia Garotas Gallagher. Tudo à minha volta foi derrubado com socos e pontapés. Zach pegou o fone que tinha roubado do guarda caído e gritou para Bex e Grant:

— Três caras estão vindo pelo lado sul do edifício. Vão! — E no mesmo instante eles foram.

Liz tinha se refugiado em uma empilhadeira.

— Cammie, preciso de alguma arma! — gritou ela para mim.

Eu tinha nocauteado um guarda e estava atrapalhada com um adesivo, mas ainda assim consegui responder:

— *Está sentada numa!*

— Ah, certo — respondeu ela, e se pôs a procurar chaves ou a ignição, qualquer coisa que fizesse aquela máquina gigantesca se mover. Deve ter desistido, porque na próxima vez que a vi, estava saltando da empilhadeira, aterrissando nas costas de um guarda que perseguia Eva. O homem rodopiou, como se não conseguisse imaginar o que tinha acontecido, e Liz o apertou com ainda mais força.

O avião pousou no extremo da pista. Através da chuva, vi o homem de jaqueta azul.

Segui na sua direção, sentindo que as coisas tinham se tornado ainda mais pessoais. Mas nesse momento, o homem que Liz estava segurando soltou-se, e ela foi lançada no ar, caindo em cima do homem de jaqueta azul, nocauteado sem receber um único soco.

Ao redor do Dr. Steve, os guardas foram derrubados um a um. À minha direita, vi um guarda troncudo ir atrás de Liz, mas Zach se meteu entre eles, levando um murro no rosto. Cambaleou, olhando para mim. Segurou o rosto com uma das mãos e apontou para o Dr. Steve com a outra.

— Corre! — gritou, e corri.

O avião tinha chegado ao fim da pista; suas hélices ainda giravam, levantando uma cortina de água e luz quando o professor dos garotos — o traidor — correu pelas poças fundas e relva molhada, o mais direto possível para o avião que o aguardava — que o levaria para a liberdade.

Não pensei na dor em meus pés nem no meu estômago que roncava; não dei atenção aos pensamentos terríveis que ocupavam minha cabeça. Apenas coloquei um pé na frente do outro e corri até ficar a 30 centímetros de distância do Dr. Steve e do avião. Percebi pela expressão em seu rosto que nada nesse momento lhe parecia "excelente".

— Acho que você está com uma coisa que nos pertence — falei. Minha voz estava firme e calma, talvez por causa do treinamento, ou da coragem, ou porque vi Bex se aproximando, arrastando-se pela vegetação alta que margeava a pavimentação da pista, até se equilibrar na roda traseira do avião. — Não vai sair daqui com esse disco — continuei, sentindo que começava a vacilar apesar da adrenalina que corria em meu sangue.

— Ah — disse o Dr. Steve, quando, atrás dele, a escada do avião começou a descer. — Creio que a senhorita está apenas um pouco... — Arquejou. — ... excessivamente... — Respirou fundo de novo. — ...atrasada. — Mas, dessa vez, o Dr. Steve não falou, não conseguiu falar. Porque, quando se é vítima da asfixia de Rebecca Baxter, respirar se torna bastante difícil.

O Dr. Steve caiu no chão, dobrado ao meio, e Bex foi junto. O disco caiu de seu bolso, e eu o apanhei.

— Isto não vai a lugar nenhum. — Pela primeira vez, senti minha energia esmorecer. — Não vai entrar neste avião.

E então, uma voz atrás de mim disse:

— Está certa, Srta. Morgan, ele não vai. — E percebi que algo ou estava muito certo, ou muito errado. Mas a única coisa inquestionável era que nada era o que parecia ser.

Esperei que o Sr. Solomon me mandasse sair do caminho porque ele estava lá com uma unidade das forças especiais da elite, de Langley. Achei que ia algemar o Dr. Steve ou, pelo menos, pegar o disco e guardá-lo em segurança. Mas ele saiu calmamente do avião e perguntou:

— Está bem, Dr. Sanders?

— O senhor — falei, mal reconhecendo a minha própria voz — fez isso?

— Bem — replicou o Sr. Solomon —, tive uma pequena ajuda.

Então, minha mãe apareceu.

Olhei para os dois, com mil sentimentos fervilhando dentro de mim, quando ela sorriu e disse:

— Bom trabalho, todos vocês.

Até mesmo o Dr. Steve conseguiu sorrir. Bem... tanto quanto um cara sentindo muita dor conseguiria sorrir.

— Rebecca? — chamou minha mãe. Bex afrouxou o aperto. (Mas não largou de vez sua vítima.)

O Sr. Solomon consultou o relógio.

— Quarenta e dois minutos — disse. — Nada mau. — Virou-se e gritou no escuro. — O que acha, Harvey?

O Sr. Mosckowitz surgiu à porta do avião — o Sr. Mosckowitz, que tinha usado um bigode falso; o Sr. Mosckowitz, que eu sozinha tinha convencido a me soltar no meu exame de fim de semestre, no outono passado; o Sr. Mosckowitz que, provavelmente, era o agente de campo menos talentoso de toda a Academia Gallagher —, sorriu e se balançou.

— Oi, garotas — disse, animado. — Como me saí?

Ai. Meu. Deus.

A chuva diminuiu. A batida do meu coração começou a desacelerar, e senti meus temores se desvanecerem e serem substituídos por uma emoção que não soube definir.

— Foi... — gaguejei. — Foi um... teste?

— O nosso trabalho não é prepará-los para testes, Srta. Morgan — corrigiu-me o Sr. Solomon. — O nosso trabalho é prepará-los para a vida.

Vi refletores reluzirem, senti o céu escuro se tornar aos poucos mais claro, até a neblina que pendia no ar formar um arco-íris sobre os edifícios abandonados, sobre o terreno escuro e deserto. Observei as luzes surgirem — de todas as direções.

— Então, queriam ver se seríamos capazes de agir de verdade? — perguntou Tina.

— Não — respondeu minha mãe. — Precisávamos ver se seriam capazes de agir — olhou para os garotos, depois para nós — *juntos*.

Nossos professores se viraram e se dirigiram, na chuva, para as vans, enquanto atrás de nós, o avião começou a taxiar, sua luzes desaparecendo a distância. Eu devia me sentir feliz. Afinal, os segredos da minha irmandade estavam a salvo, e eu acabara de tirar a nota máxima no exame final de Operações Secretas.

Então, a voz do Sr. Solomon gritou para nós, de longe:

— Ah... e bem-vindas ao Subsolo Dois.

Capítulo Vinte e Oito

Há testes para os quais até mesmo Garotas Gallagher não podem estudar — nada de anotações, nada de cartões de resumos —, apenas perguntas que precisam ser respondidas todos os dias; problemas a serem resolvidos. Acho que é verdadeiro para a vida de qualquer um — quanto mais para a vida de uma espiã —, mas, naquela noite, quando estava deitada na cama, escutando os relatos detalhados na sala comunal, no fim do corredor, não pude deixar de sentir que talvez o maior teste do semestre da primavera não tivesse se encerrado. Não pude deixar de me perguntar se eu realmente tinha me saído bem.

— Entre, filhota — chamou mamãe, quando cheguei ao Hall de História na manhã seguinte, muito antes que pudesse ter me visto, porque... bem... minha mãe é surpreendente assim mesmo.

Sua sala parecia a mesma de sempre. O sol luminoso entrava pelas janelas. As estantes de mogno brilhavam. E minha mãe não parecia em nada com uma mulher que tinha ficado acordada até a madrugada. Não estava com olheiras e não havia nenhum vestígio do dia anterior quando se sentou à janela, com uma pasta no colo.

— Está aborrecida?

Não sei por que a pergunta me confundiu, mas confundiu. Se bem que não tanto quanto a resposta.

— Não.

Não frequento uma escola normal, e escolhi não levar uma vida normal — testes normais não vão me ensinar as coisas de que preciso saber, e a mulher na minha frente sabia disso melhor do que ninguém.

Mamãe se afastou e me sentei do seu lado.

— Alguma coisa daquilo foi real? — Resisti à tentação de perguntar o que eu realmente queria saber: Eles eram reais? Zach era real?

Eu tinha começado o semestre sentada no chão da sala na torre pensando sobre como espiões não contam mentiras, nós as vivemos, então não é de admirar que eu tenha chegado na sala de minha mãe, nessa manhã, buscando um pouco de verdade. Não devia ter me surpreendido quando a pergunta que eu levava comigo há tanto tempo finalmente encontrou uma maneira de se libertar.

— O que aconteceu com papai?

Minha mãe parou de passar a mão no meu cabelo. A pasta em seu colo pareceu escorregar um pouquinho, e eu percebi que tinha infringido uma das normas tácitas da Academia Gallagher: tinha pedido para saber a história.

— Você sabe o que aconteceu com seu pai, querida.

Mas isso não é verdade — e esse é o problema. Dê-me um código e posso decifrá-lo. Conte-me uma piada em suaíli e vou saber quando rir. Sei de um milhão de fatos diferentes em mais de uma dúzia de idiomas... Só não me pergunte quando e onde meu pai morreu.

Comecei a dizer tudo isso, a fazer as perguntas de cujas respostas eu precisava, mas mamãe endireitou o corpo no banco à janela. Eu senti que ela se afastava. E me peguei sussurrando as palavras de Zach:

— Alguém sabe.

À nossa volta, a escola estava acordando. Ouvi risos no Hall de História. Então fiz a outra pergunta que, até agora, não tinha resposta.

— Por que este ano? Por que agora?

— Acho que sabe a resposta, querida.

E acho que provavelmente sabia, porque respondi:

— Josh.

— Não sei se percebeu, Cam, mas o que aconteceu no semestre passado, o que aconteceu entre você e Josh... assustou muita gente. Fez com que reexaminássemos uma porção de coisas.

— Refere-se à segurança? — perguntei. — Porque eu poderia destacar um ou dois pontos que deixaram escapar.

— Não, querida. Algo maior. Gastamos milhões treinando vocês com o melhor currículo do mundo. E, ainda assim, não conhecem muito da outra metade da população mundial. — O que era verdade. — Os curadores e eu achamos que seria importante que Garotas Gallagher aprendessem a como se comunicar com homens e a confiar neles, com quem terão de trabalhar um dia.

Confiar. Arriscamos nossas vidas nisso, mas é um assunto que nem mesmo a Academia Gallagher pode ensinar. Quando baixar a guarda? Em quem confiar?

E, nesse momento, sentada do lado de minha mãe, na luz quente do sol de primavera, eu soube que essas eram perguntas que um bom espião nunca para de fazer.

Mamãe olhou para mim — e posso jurar que ela estava lendo meus pensamentos.

— Se correr, vai conseguir vê-lo.

— Ver quem?

— Zach — respondeu minha mãe. — Os garotos... Os curadores do Instituto Blackthorne querem que eles façam os exames finais com os colegas de turma. — Mamãe deve ter sentido a minha confusão, pois acrescentou: — Eles estão partindo.

— Já fizeram as malas — falei quando o alcancei, porque, na verdade, não havia mais nada a dizer, ou não muito mais... não tenho certeza.

Ele sorriu.

— Todos temos bagagem.

Uma brisa fresca soprou pelas portas abertas. O café da manhã estava esperando. E as aulas. E os exames finais. Mas a escola toda parecia estar paralisada no tempo e espaço. Os garotos carregavam malas e mochilas, enquanto o nosso mundo se preparava para voltar ao normal — seja lá o que isso significasse.

Apontei a mancha roxa em seu rosto.

— Parece sério.

Mas Zach sacudiu a cabeça.

— Que nada. Ele...

— Bate como uma garota? — provoquei.

Mas Zach não sorriu; não riu. Algo mais pendia no ar entre nós, e ele respondeu:

— Não como as garotas que conheço.

Pensei no garoto que conheci em Washington — o garoto que tinha me provocado durante todo o semestre —, e tentei combinar aquelas imagens com o garoto que estava na minha frente.

Zach continuava arrogante e durão. Mas, por outro lado, tinha me oferecido uma bala quando eu estava com fome, e não pude deixar de achar que talvez isso o tornasse, de certa maneira, um cavalheiro. Que talvez não fosse culpa sua a armadura estar meio enferrujada.

Um semestre se passara, e não pensei no que poderia ter acontecido se as coisas tivessem sido diferentes. Afinal, confiar é difícil para qualquer garota — especialmente uma Garota Gallagher —, e esta é a vida que escolhi. Essas são as perguntas e dúvidas que provavelmente me acompanharão pelo resto da minha vida.

Me virei devagar e comecei a me afastar — na direção das minhas amigas e do meu futuro, e do que quer que fosse acontecer em seguida.

— Ah, Cammie. — Ao ouvir o som de sua voz, me virei, esperando que dissesse uma piada ou me chamasse de *Garota Gallagher*. A *última* coisa que eu esperava era sentir seus braços ao meu redor, o mundo virando de cabeça para baixo, e Zach me abraçando forte no meio do corredor e pressionando seus lábios nos meus.

Depois abriu aquele sorriso que passei a conhecer.

— Sempre termino o que começo.

Dirigiu-se à porta e ao sol quente da primavera que estava esperando para explodir no verão, uma nova estação. Outro recomeço.

— Isso é um adeus? — perguntei.

— Ora, Garota Gallagher. — Zach virou-se para mim e deu uma piscadela. — Quais seriam as probabilidades de isso acontecer?

Aí entrou na van, e, até onde vi, não olhou para trás. Porque eu também não olhei.

Não pensei nas normas que violamos ou no tempo que perdemos. Não me demorei nas perguntas que tinham parecido tão importantes antes e que agora se apagavam como um bilhete há muito perdido na chuva forte.

Há segredos no meu mundo. Empilhados lado a lado como dominós, e em setembro passado eles começaram a cair — tudo porque eu disse "oi" para um garoto. Agora eu estava dizendo adeus a outro. Mas desta vez, pelo menos no caso de Zach, eu finalmente sabia a verdade. Bem... a maior parte dela.

E isso me libertou.

Tínhamos o verão inteiro pela frente — tempo para descansar, tempo para esperar. E, quando o futuro chegar — independente do que trouxer —, estarei mais inteligente. Estarei mais forte. Estarei preparada.

Este livro foi composto na tipologia Minion Pro,
em corpo 12/15,3, e impresso em papel off-white 80g/m²,
no Sistema Cameron da Divisão Gráfica
da Distribuidora Record.